メディアワークス文庫

軍神の花嫁 Another Side

騎士の想い 侍女の願い
上

水芙蓉

帝国キリングシークを守護する「軍神」カイと、
その妃であり「破魔の剣」の鞘であるサクラ。
すれ違いながらも惹かれあっていく二人。

これは、そんな二人のそばで起きていた
もう一組の男女のままならない恋物語。

登場人物

ホタル

軍神カイの妃サクラの
侍女にして親友。
鋭敏な聴覚「遠耳」の持ち主。

シキ

キリングシークの第二皇子
カイの側近。文人の兄
タキに対して武人である。

マアサ

カイの屋敷に勤める侍女頭。
5人の息子がいる。

レン

カイの屋敷に勤める料理長。
マアサの夫。

マツリ

男爵家からやってきた新人
侍女。十三歳。

ジン

新しい料理人。マアサとレンの
長男でもある。

カノン

先輩侍女。二児の母親。

タキ

シキの双子の兄。文人。

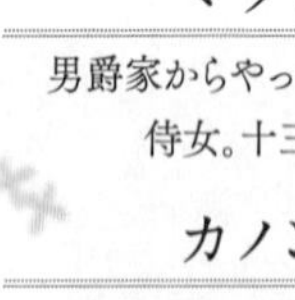

サクラ

「破魔の剣」の鞘に選ばれ、
軍神カイの妃となる。

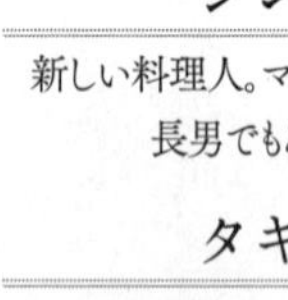

カイ

キリングシークの第二皇子。
「漆黒の軍神」と呼ばれる。

目　次

第一章

1

地味な娘だ。

明るい赤毛と、淡い茶の瞳。端整な顔立ちをしてはいたが、貴族の侍女ならば、この程度はいくらでもいるというレベルだろう。洗練された仕草も、道中の会話の受け答えも、全て型通り。何も面白みのない娘。

主に命じられて迎えに行った侍女、ホタル・ユリジアに対する、シキの第一印象はそんなものだった。

印象が変わったのは、彼女が敬愛する女主《おんなあるじ》と再会した時か。駆け出し、涙し、笑う、その変わりようには、少し驚かされたが、それでもシキにとってホタルはさして興味を引かれる存在ではなかった。

その瞬間までは。

ホタル・ユリジアは、庭の隅に膝を抱えて座っていた。何をしているのか、ずっと宙を見つめている。

やがてその瞳から、ポロリと雫《しずく》が流れた。

そのまま、静かにポロポロと涙を零《こぼ》し続ける。

シキはたまたま、通り掛かっただけだった。通り過ぎることは、何も難しいことではなかった。

だが、足は止まってしまったのだ。

なんとなく木陰で隠れるように見つめるシキの視線の先で、ホタルはただ涙を零し続ける。

こんな風に泣く女もいるのだ。

シキが知る女達は皆、シキに何かを訴えて、涙を流しながら、喚《わめ》き立《た》てたり、切々と語る。そういう女ばかり見てきたから。

誰かに訴えるためではなく。何かを洗い流すかのように静かに。

涙を流し続ける娘は、ひどく痛々しい。

シキは、声をかけるか迷った。かける義務はない。でも、素通りしてしまうには、ひどく後ろ髪を引かれる。

どうする？

が、シキが心を決めるより先に、ホタルが気配に気がついて、シキの方へ顔を向けた。

随分と察しがいい。

これでも、名の通った騎士で、気配を消すことには慣れているのだが。

「やあ」

そんな内心の動揺など微塵《みじん》も顔に出さず、女性にすこぶる受けがいいと自負する笑顔を見せる。

「シキ様」

ホタルは迷わず、名前を呼んだ。

そして、立ち上がり、きれいな仕草で礼を一つくれる。

お、と少し嬉《うれ》しい。

同じ屋敷《やしき》内に暮らす、見た目だけは瓜二《うりふた》つの双子の兄タキと、きちんと区別が付いているようだ。

顔を上げたホタルは、もう泣いていなかった。

だが、長いまつげは濡《ぬ》れていて、頬にも跡が残っている。

何か思った訳でもなく、つい、手が伸びた。

手の甲で頬を拭うと、ホタルは露骨に後ずさった。

「何を泣いていた？」

それを追わずに、尋ねる。

意識して、下心を感じさせない笑みを浮かべて。

いかにも、年若い仲間を気遣う、年長者の風体で。

ホタルは、決まり悪そうに視線を地面に落として「何でもありません」と答えた。

答えないだろうとは思っていたから気にしない。

「ここは居心地が悪いか？」

違う問い方をすれば。

「皆様には、とても良くしていただいております」

型通りの返事が戻ってきた。

どうやら、この侍女は、シキと馴《な》れ合《あ》うつもりは、毛頭ないらしい。

シキとしても、別段この侍女に興味がある訳ではない……はずだ。

「何かご用がおありですか？」

早く立ち去りたいとばかりの態度に、さすがに気分を害して「いや……ない」と、素っ気なく答えた。

「失礼いたします」

ホタルは、先ほどと寸分違わぬ優雅な礼をして、シキの前から立ち去った。

何故《なぜ》か……嫌われているようだ。

そう思いながら、別にそんなこともあるだろうと気にしないことにした。

したかった、のだが。

だが、妙に印象的なあの涙。

それだけが、シキの中に深く深く刻み込まれて、離れない。

2

どうやら、これは……本当に、本格的に嫌われているらしい。

少し離れたところで、侍女頭のマアサと笑顔で話しているホタルを見て、知らぬうちにため息が零れた。

マアサが特別なのではない。あの娘は、この屋敷内の至る場所で、笑顔を振りまいている。シキ以外の者には、等しく愛想が良《い》いようだ。

別に、構わないではないか、と思う。

虫が好かないということは、誰にだってある。

同じ屋敷内にいるとはいえ、主の側近と、主の妻の侍女。仕えられる者同士の関係は深いが、仕える者同士の関係は希薄。

何も支障はない。放っておけばいい。

そう思うのに。

だが、気がつけば視界の隅っこにいたはずの娘が、中心で笑ったり怒ったりしている。

働き者の侍女は、一時として一所にじっとしてはいない。パタパタと動き回ってすぐにどこかへと姿を消す。

なのに、ふと気がつけば、また。

「若い娘さんが屋敷にいると、華やかでいいねぇ」

でっぷりと太った体を揺らしながら、料理長のレンがしみじみと呟《つぶや》く。

おいおい、おっさん。

シキは心でツッコミを入れながら、ホタルから目を逸《そ》らした。

また、気がつかないうちに、あの侍女を見ていたのか。

「華やか、か？」

どちらかといえば、地味だろう。

お仕着せの侍女の衣装はもちろん、化粧気もない。シキの知る、どの女性よりもホタルの装いは地味で質素だ。

華やかとはほど遠いと思われる。

「……我が家は息子が五人ですから……あんな娘の一人もいたら、と思いますよ」

レンのそれは、心からの言葉のようだ。

確かに、その家にはあまり近づきたくない。

小さく笑ったシキに言うでもなく、「おや……奥方様だ」とレンは呟きを続けた。

それに、シキは視線をホタルの方へ戻した。

主人の妻である――それはつまりホタルの主な訳だが、サクラがホタルに笑いかけている。ホタルが、満面の笑みで――それこそ、シキには絶対に見せないだろうと確信できる顔で、それを迎えている。

確かに、これは。

「華やか、かもな」

こうして、二人揃《そろ》って楽しげにしていれば。

それは、今まで、この屋敷になかった明るさかもしれない。

年頃の二人の娘がじゃれ合うように庭を歩く姿は、見ていてつい笑みを誘われるものだった。

しかし、何故、嫌われているのだろう。

見慣れたホタルの笑顔――ただし、それはシキに向けられたものではないのだが、それを眺めながら、気にしなければ良いと思ってはみても、何度も繰り返さずにはいられない疑問がまた浮かぶ。

嫌われる理由は、まったく浮かばない。

何もしていない、はずだ。

さほど交流がある訳でもないが、それでも数少ない接点において、極めて紳士的に騎士道に則《のっと》って、接していると思う。

「ホタルは……どんな娘だ？」

　思わず尋ねると、レンはすらっと答えた。

「素直な良い娘ですよ。よく働くし、気がつくし……マアサはうちの息子のどれかに嫁に来て欲しいと言ってましたよ」

　そういうレンも、その意見には賛成のようだ。

　なるほど、レンとマアサの夫妻にいたく気に入られているらしい。とすれば、この屋敷内でのホタルの地位は上々。

「シキ様はホタルに興味がおありで？」

　今度はレンが尋ねてくる。

　シキは微笑《ほほえ》んだ。

「いや、ないよ」

　あっさりと口から出たその言葉の真偽は、シキ自身も分からなかった。

「あ」ホタルはしまったという顔をしたし、「お」シキだって内心タイミングの悪さを呪った。

「……失礼します」

　立ち去ろうとする娘が、シキの横をすり抜けようとして、その足が止まる。

それが、自分が彼女の腕を掴《つか》んだからだと気がついたのは、ホタルが掴まれた腕を、涙が浮かぶ瞳で凝視していることに気がついてからだった。

「あの……」

不審げに見上げてくるのに、にっこりと微笑んでみせた。

「もう少し落ち着いてからの方がいい……その顔じゃ、泣いたのが明らかだから」

ホタルは俯《うつむ》いた。

いったい、歳《とし》は幾つなのだろう。

小柄な上に全体的にほっそりしているから、まるで年端もいかない少女にも見える。

「何がそんなに泣けるんだ？」

つい尋ねる。

ホタルは、俯いたまま答えない。

だが、ポタリと雫が零れ落ちて、地面に水玉を一つ描く。

また、こうやって泣くのか。

肩を震わせることもなく。

ホタルは、しばらくそうして幾つかの水玉を足元に描いていたが、やがて「……離していただけますか」と呟いた。

「泣き止《なや》んだのか？」

離すと、そのまま逃げられてしまいそうだ。

逃げる？

つまり。

逃がしたくないのか？

「もう、大丈夫ですから」

ホタルは腕を離して欲しそうにしながらも、頷《うなず》いた。

「……で？」

促すと顔を上げる。

「何を泣いていた？」

再び俯く。

「なんでもない、はなしだ。二回も泣いてるところに遭遇したんだ。理由ぐらい聞いてもいいだろう？」

離れたげに腕が引かれる。それを、自分自身でも思いがけない強さで引き戻した。

「……奥方か？」

どういう訳か、目が離せないから。

ホタルの感情の起伏がどこにあるのか、知らず知らずのうちに気がついていた。

どうやら。

「どうやら君は奥方が絡むと、えらく感情的になるな」

他のことではそうでもないようだ。常ににこやかに、やり過ごしているように見える。

ただ一つ、サクラという主だけだ。

何の特徴もない普通の娘にしか見えないあの妃《きさき》が絡むと、ホタルは、喜怒哀楽の感情という感情の全てに制御がきかなくなるようだった。

「いけませんか？」

ホタルは予想外の冷たい口調で答えてきた。

涙で潤んだ瞳が、強く非難めいた彩りでシキを見上げてくる。

どうして、こんな瞳で、見られるのだろうか。

「いけなくはない……か」

見事な忠誠心だと、むしろ称《たた》えられてしかるべきかもしれない。

だが、面白くない。そのやけに敵意を感じる視線は何なのだ。

別に、妃並みの応対をしろとは言わない。

しかし、もう少し、他の使用人と同等程度には笑みで応対してくれても良いのではないか。

「ちょっと確認したいんだが、君は……私が嫌いなんだな？」

突然の問いかけだったかもしれない。

さすがに、ホタルもたじろいだように、逃げがちだった腕から少し力が抜けた。

しかし、自分で口にしておきながら、『嫌い』という言葉に、少し落ち込んでいるのは何故だろうか。

「……嫌い」

ホタルは呟いた。

「……ではないのですが」

続く言葉に、シキは大人げなく続けた。

「じゃあ、苦手」

ホタルは困ったように眉を寄せた。

どう答えるのかと思いきや。

「……申し訳ありません」

薄紅さえ引いていない唇からは詫《わ》びが出た。

「否定なし、か」

つまり、それは肯定？

「結構、傷つくもんだな」

結構どころか、想像以上。

なのに、ホタルときたら「……あの……私、失礼してもよろしいでしょうか」と、立ち去ることばかり考えているようだから。

「ダメ」

と、腕を摑む力を強める。

「……ダメ？」

面喰《めんく》らったような顔は、睨《にら》むそれよりは幾分愛らしい。

その表情を引き出せたことにそれなりの満足を得ながらも、ため息が出る。

「若い娘には受けがいいと思っていたんだが……」

だから、ちょっと落ち込んでいるのだろう。

そう、思うことにした。

シキの情けない呟きに、ホタルは少し笑った。初めて、シキに見せる笑顔。

なるほど、これは確かに、華やかかもしれない。

「私の態度がシキ様のお気に障ったのならば、お詫びします」

だが、教科書にありそうな模範的な受け答えは、気に入らない。これなら、先ほどの
睨んだ態度の方がましだ。

「詫びはいいから、今度からもう少し打ち解けてくれ」

言えば「そんな不相応なことはできません」と返ってきた。

そして、俯いてしまった。

「失礼してもよろしいでしょうか」
さすがに、これ以上留《とど》めるのは無理だろう。
シキは腕を離した。
「どうぞ」
ホタルは一度も顔を上げないまま、いつものとおりの優雅な礼をくれて立ち去った。
やはり嫌われているのだ。
いや、違う。苦手だと言っていたではないか。
それは、嫌いよりも、救いがない気がする。
嫌いは感情だ。もしかしたら、将来的に改善の余地があるかもしれない。
でも、苦手は生理的なもの。基本的には、苦手なものは、生涯苦手ではないか？
シキは小さい頃からどうしても食べられないものと、自分の姿を重ね合わす。
そして、ため息をついた。
それは、シキの想像をはるかに超えた深い深いため息だった。

3

結局のところ、シキがしたことといえば、ホタルと必要以上には関わりをもたないというネガティブな平和的解決だった。

これは思った以上に簡単だった。

そもそもが、さほど接点がある訳ではない。

シキの視線の行方さえ、無視を決め込めば良いことだ。

もっともこればっかりは、無意識なだけになかなかうまくいかない。

思いつつ、それでも毎日はそれなりに穏便だったのに。

遭遇してしまった。

三度目の涙に。

実のところ、なんとなくそろそろかな、などと思っていたのかもしれない。

この地方特有の夏は、容赦なく人を追いつめることがある。この時期は、とかく波風が立ちがちだから。

そして、彼女の主とシキの主は最近少し何かがおかしかったから。

だから、泣くホタルに妙に納得もしたりした。

ホタルは廊下を歩きながら、子供がするように乱暴に手の甲で目元を拭った。

それでは目が腫れる。

余計なお世話だろうと自ら突っ込みながら眺めていると、前方から歩いてくるホタルはシキに気がつき足を止めた。

さて、彼女はどうするのだろう。

いつものとおり、優雅な礼をくれて立ち去るのか。

シキの予想どおりホタルは頭を下げながら膝を折る。そして、踵《きびす》を返《かえ》して立ち去ろうとする。

だが、その礼はいつもよりよほど余裕がなく。

見せた背中は、あまりにか細い。

声をかけるには遠い距離。

あれだけはっきり苦手だと意思表示されたのだ。さすがに放っておこうかと思う。

思ったはずなのに。

気がつけば、ホタルの腕を捕らえていた。

この娘が絡むと、どうしてか『気がつけば』ということが増える。大抵のことは面白いと思えるシキだが、これに関しては今のところ楽しめてはいない。

「最近は泣いてないと思ってたんだが」

ホタルは、俯いたまま。

シキに腕を捕らわれたまま、何一つ反応しない。

明らかに、今までとは様子が違う。

「何があった？」

三度目の涙に対する、三度目の問い。

ホタルは、動かない。

シキは、何故か腹立たしさを覚えて、少々意地の悪い言葉を投げた。

「そんなに奥方は辛《つら》い目にあっているか？」

確かに、主の妃は攫《さら》われてここに来たも同然だ。

シキの主であるカイは、皇子という身分と、『破魔の剣』の使い手という権威をもって、一人の娘を手中に収めた。そこに、娘の意思を慮《おもんぱか》るものは何一つない。

だが、皇子の正妃というのは身分的には申し分ないものに違いない。

むしろ、貴族の娘としては最高位を手に入れたと言っても過言ではない。

そして、傍若無人にも見えるカイは、実のところ十分に妃を丁重に扱っていると思う。

いたるところに気遣い、与えうるものは全て与え、何よりホタルを呼び寄せたのはカイではないか。

最近こそ何かにいらつき、素行にも少々問題はあるようだが、しかし、それも許容の範囲だろう。

本来ならば、複数の妃を迎えてもいい身分なのだ。

「カイ様の立場的に、多少のことはしょうがないだろう？」

何も、嘆き悲しむほどのことではない……と思う。

「多少？」

小さな声が、ようやく返った。

ホタルは抑えきれないものがほとばしるように、微《かす》かに、でも感情露《あら》わに呟いた。

「カイ様はサクラ様を本当の奥様とはなさらないし、皇帝陛下の使いだという姫君はサクラ様をいらないと言うのに？」

本当の妻ではない？

皇帝の使い？

ホタルは、シキの知らない出来事を並びたてた。

「何を言ってる？」

腕を摑む手に力を込めると、思い切り振り払われた。

上がった面にあるのは、いつかも見た非難めいた瞳。

「貴方《あなた》だって、カイ様がお命じになれば、あっさりサクラ様をお断ちになるのでしょう」

シキは眉を寄せた。

それは何のことだ？

それは――シキとカイが、二人きりの気安さで話したあれ？

いったい、この娘は、どこで何を聞いた？

「お前、何を知ってる？」

今度は易々《やすやす》と振り払えない力で、肩を摑む。

「貴方はそうおっしゃったもの！」

ホタルが身をよじる。

逃がすまいと抱き寄せた体は、渾身《こんしん》の力でシキを拒否し——しかし、その気配に硬直し動かなくなる。

そして。

「カイ様」

震える声が、その名を呼んだ。

シキは大人しくなったホタルの体を離し、だが再び腕を摑む。

そんなことをしなくても、ホタルは逃げないだろうが。

「お前……遠耳か？」

どこから聞いていたのか分からないカイが尋ねた。

静かなのに、逆らいようのない威圧的な声。

ホタルはコクリと頷いた。

シキも、もしやとは思った。

遠耳——人の何倍もの聴覚を持つ者。

気配の聡《さと》さにも納得だ。

「来い」

カイが手近な扉を開けて命じる。

シキが腕を引いて導くと、ホタルは黙って従った。

「聞いたんだな？　俺とアカネの会話を」

容赦ない単刀直入な問いに、青ざめながら、それでも、ホタルは頷いた。

「サクラも知ってるんだな？」

それにも頷く。

すぐさまカイが部屋を出ようと背を向けた。

「お待ち下さい、カイ様。サクラ様は何も……全て私が」

ホタルがカイを追おうとするのを、シキは掴んだ腕に力を入れて止めた。

「カイ様！」

どのような会話がなされたのか、もちろんシキには知る由もない。

ただ、カイの様子から、ホタルの涙から、それが妃にとって楽しい話でないことは容易に知れる。

そして、今、カイから感じられるのは、怒りではないから。

「シキ、ホタルを見てろ」

その命令を受け入れる。

「カイ様!」

振り返ることなく部屋を去るカイを、追おうとする体を引き寄せ、胸元に閉じ込めたのと、扉が閉じられたのは、同時だった。

「離して!」

ポロポロと際限なく涙を零しながら、ホタルが叫ぶ。

無性に腹が立った。

分かっているのか。

甘い状況ではないにしても、自分の体が男の手中にあることを。もがけばもがくだけ、拘束は強まるだけだということを。

それでも心を占めるのは、あの妃だけなのか?

シキは、ホタルの腰を抱く腕に力を入れて、己に強く引き付けた。

小さな顎を摑んで顔を上げさせて。

「……離し……っ……」

拒否を紡ぎ続ける唇を塞いだ。

シキ自身のそれで。

ホタルはシキの腕の中で、ビクリと大きくわなないた。

嫌がって顔を背けようとするのを、捕らえた顎にこもる力で感じ取りながら、上回る力で押さえ口づけを深いものへと変化させる。

さながら情事のようなキスは、まるで返し方を知らないホタルから確実に力を奪い去った。

ホタルが大人しくなる。

抱き留めた体が、力なくシキに預けられる。

目的は達した。

これ以上は必要ない。

思いながら、シキはホタルをさらに抱き寄せた。

抗《あらが》う気力を奪われた娘は、されるままにシキの腕の中に収まり、深くなる口づけを、ただ呆然《ぼうぜん》と受け入れる。

気がつけば……ほらまた、気がつけば、だ。

シキの手は、顎を離し頬を包んでいる。

拘束するための腕は緩み、武骨な手の平で華奢《きやしゃ》な背から腰を撫《な》でる。肉付きの薄い、だが、思ったよりも柔らかな感触が、温《ぬく》もりと共に伝わる。

これ以上はまずい。

このまま、この娘をどうするつもりだ？

シキは、口づけを解いた。

腕を外すと、ホタルはカクンとその場に座り込んだ。

「そのまま、大人しくしてるんだ」

夢中になった。

それに動揺していることが、声に出ていないことを自ら褒める。

ホタルは、しばらく呆然と宙を見つめていた。

涙は乾いている。

やがて。

「お手を煩わせ、申し訳ございません」

いつもの、侍女の反応が返る。

もう一度、思い切り濃密な口づけを与えたい衝動をなんとか抑え、シキは黙ってホタルの傍らに立っていた。

泣けば良いのに、と思った。

苦手な男に、口づけされて。

悔しさと怒りで……シキを罵れば良いのに。

ホタルは、ただ無表情でそこに座っている。

本当に、妃のためにあるのだ。

この娘の涙も笑みも、全て、あの妃のためにのみ。

4

ホタルにとって、サクラという存在は特別だった。

サクラのいるところがホタルのいるべきところ。

サクラに仕えることが、ホタルの日々日常。

サクラと共にあることが、ホタルの生きていくための糧であり、証《あかし》であるとまで言っても、決して大げさではない。それくらいホタルにとって、サクラというのは全てだった。

だから、仕方がないと思うのだ。

ホタルが母から受け継いだ、人とは違う特別な耳。

普通に生活しているだけでも、人より何倍もの声や音を聞く『遠耳』と呼ばれる鋭敏な聴覚。

ホタルが望んで手に入れた訳でもない能力ではある。だが、身についている以上もはやこれはどうにもならないことなのだと、受け入れたのは随分前のこと。それからは、力を使うことではなく、ただ制御することだけを考えてきた。

意識して閉じるのだ。

手の平で耳を塞ぐように。

頭に響く声を、退ける。

そうすれば、遠くの音はあるべきところに帰っていく。

だから、普段は聞こえていると言っても、せいぜいが壁を隔てた隣の部屋の会話程度だった。

でも、サクラのことになるとだめだった。

制御ができなくなる。

サクラが側《そば》にいないと、ついその声を探してしまう。

サクラの周りの声を——サクラに関する会話を、無意識にも探っている。

それは、どんなに意識しても止められない。

隣で交わされる会話は、聞こえてきてしまうものだろう。それが、とても興味のあることだったら言わずもがな。

ホタルにとっては、『サクラ』というキーワードがそれ。

だから、人々がこっそりと、自分達以外に聞く者はいないと、無遠慮に声にすることをホタルは聞いていた。

それらが、本当なのか嘘《うそ》なのかは、もちろん分からない。

人々が、様々なことを無責任に声にするのを、ホタルは十分すぎるほど承知している。承知していて、それに振り回されずに、その声の中から真実を見出《みいだ》す術《すべ》を、ホタルは遠耳という能力との長い付き合いの中で身につけていた。

そして、確証を得るまではいかなくても、多分これは本当だ、と感じていたのだ。

ホタルから一時的とはいえ、サクラを奪ったあの男。

帝国キリングシークの第二皇子にして、『漆黒の軍神』であるその人は、奪っておきながらサクラを本当の妻としては扱っていない。

あの軍神にとっては、サクラは神剣を抱くものに過ぎなくて。

サクラが邪魔になれば、迷わずに葬ってしまうのだろう。

サクラに対する優しさを感じることはある。接する態度は真摯にさえ見えることもある。

でも、あの男は。

サクラを妻とはしないのだ。

なのに。

ホタルは遠耳だ。どんな遠くで囁《ささや》くことだって、力を使えば聞くことができる。

だけど、決して声にならないことだって、時には知り得るのだ。

サクラの近くに仕えていたホタルには、聞こえるようだった――サクラの沈黙の想《おも》い。
サクラ様は、カイ様がお好き。
それぞれが知らない様々なことを、ホタルは少しずつかもしれないが知っていた。
知っていて、ホタルの心を占めたのは悔しさと哀《かな》しさだった。
どうして？
応えのないまま、何度も唱える疑問。
どうして、あの方はサクラ様を妻とはなさらないの？
どうして、サクラ様を受け入れては下さらないの？
違う。それは確かに思ってはいたけれど、小さなことだった。
本当に悔しかったのは。本当に哀しかったのは。
どうして、そんなに辛いのに、サクラ様はあの方を想い続けるの？
想ったところで、あの方は応えてはくれないのに。
なのに、どうして、そんな風に何事もないようにあの方に微笑むの？
どうして？
哀しい。悔しい。
どうして……側にいるのが私ではダメなの？
楽しいことを見つけて、一緒に笑っているだけではダメなの？

前は、それで良かったのに。
二人でいて、それで楽しかったのに。
それでは、ダメなの？
どうして、あの方がいいの？
ホタルには、分からなかった。
ただ、悔しくて、哀しくて。
だから、カイの元に女性が訪ねてきたと知った時。
サクラにも聞かせてしまったのだ。
ねえ、サクラ様。
カイ様には女性がいる。
この方だけじゃない。
サクラ様だって気がついているでしょう？
サクラ様に触れないカイ様は……他の女性には触れる。
サクラ様、
もう、良いでしょう？
そんな想いは消して、前みたいに二人で楽しく過ごせばいい。
そうでしょう？

そんな愚かな考えで、力を暴走させた。

今、思えば馬鹿だったと言わざるを得ない。

話の内容は、ホタルの想像以上に残酷なもので。

サクラは、それでも、泣かなかった。

サクラは元々は喜怒哀楽のはっきりした娘だったのに。

なのに、泣かずにホタルに大丈夫だと微笑んだのだ。

泣いてくれれば良いのに、と思った。

泣いてしまうことで、どれだけのものを流し去ることができるか、ホタルは知っているから。

でも、サクラは泣かなかった。

そして、その心の健気《けなげ》さに悲鳴を上げたのは、サクラの体の方だったのだ。

そのことがある前から、少し体調を崩していたサクラは、その日からベッドに横たわっていることが増えた。

医師は暑さを理由にしたけれど。

私のしたことが、サクラ様を追いつめた。

ホタルにはそう思えて。

ごめんなさい。ごめんなさい。ごめんなさい。
何度、口にしたところで、心で唱えたところで、決して元には戻らない。
元には戻らないけれど、ホタルは決めた。
サクラ様はカイ様がお好き。
それは、変わらない。変えられない。
だから、認めよう。たとえ、想いがカイ様に届くことはなくても。
サクラ様がカイ様をお好きだという、その事実を受け止めよう。
悔しさも哀しさも、完全になくなることは難しいかもしれないけれど。
認めたからといって、何かできるはずもないのだけど。
でも、サクラ様の想いを拒否したり、否定したりするのはやめよう。
そして、サクラ様が笑えば笑って、辛そうだったら一緒に苦しむの。
それだけしかできないけど。
そうしようと。
そう決めた。

夏まっさかり。
燦々《さんさん》と降り注ぐ太陽に負けない熱気に溢《あふ》れた市場の中を、ホタルは日傘を片手に、店先を冷やかしながら歩いていた。今日は、マアサのお使いで、街に買い物に来ているのだ。

何故なら、屋敷では仕事がなくて暇だから。

どうして、暇か。

それは、今、サクラが屋敷にいないから。

あの後――ホタルがシキに預けられて、カイがサクラの元へと行ったのであろう、その後。

カイとサクラに何があったのか、ホタルは知らない。

自分自身に降りかかった災難、ここはあえて災難と言ってしまいたいことで、すっかり混乱してしまったから。

もう何も聞きたくないと、耳を閉ざしてしまったから。

だから何も聞いていない。何も知らない。

ただ、あの直後からカイとサクラの間はすっかり変わってしまった。

それまでは、事実がどうであれ傍目《はため》には、それなりに仲睦《なかむつ》まじい夫婦にも見えていた二人。

でも、あの日からカイはサクラを遠ざけるようになった。体調を崩したこともあってサクラは、自室から出ない日さえあった。二人が一度として顔を合わさない日も、珍しくなくなった。

それは、誰もが二人の間に何かあったのだと気がつくほどに、あからさまな決裂に見えた。

何人かは、カイに進言したことがあったかもしれない。

でも、二人の間は何も変わらなくて。

屋敷内には、少し前から僅かにあった緊張感が、嫌なくらいにはっきりと張り巡らされて。

それでも、皆、日常を過ごしていた。口を閉ざし、目を逸らし、何もないかのような日々を過ごした。それしかできなかった。

ホタルも、もちろん何もできない。原因の一因が己にあることは重々承知していたが、何が言える訳もない。

ただ、サクラの側にいただけだ。

それだけだったのだけど。

それさえ、今はできない。

どういうきっかけかは知る由もないが、サクラはカイに連れられて、どこぞに療養に出かけたらしい。

カイ様は、いつも突然サクラを連れて行ってしまう。

一瞬は、そう思いもした。だが、そんなに怒りが湧いた訳でもない。

いつまでも、こんな状況を続ける訳にはいかないだろう。

それに、一度だけ、サクラを見るカイを見た。

見たことのない白い魔獣を従えた漆黒の軍神は、その存在に気がつかず座り込むサクラをただ見ているだけだった。

その色の違う双眸《そうぼう》に、何かの感情を見つけることはできなかった。寡黙な口は、ホタルの耳に何も届けなかった。

だけど。

何か。

何か、そこにあるかもしれない。

そう思わせる、そう思いたい光景だった。

ホタルには、何もできない。見ていることしかできない。

今を変えるには、あの二人がどうにか動かなければならない。

そして、カイが動いたならば。

それは、変わるきっかけになるかもしれない。そうなることを願っている。

だから、足掻《あが》くのはやめて、耳を閉ざして、こうしてマアサの手伝いに精を出しているのだ。

マアサに頼まれたのは、幾つかの小物を揃えることだった。

「別に急ぎのものはないから、ゆっくりしていらっしゃいな」と、優しい侍女頭は言った。

「貴女《あなた》もいろいろと大変でしょうから……サクラ様のいらっしゃらない時ぐらいは、ね？」

続いた言葉は、ホタルがどれだけサクラに心を寄せているかを知っているからこその言葉だった。

素直に頷いて、ホタルは街に出てきた。久しぶりに出てみた街は、相変わらずにぎやかだ。

だが、ほんの少し前までは、ここもさびれていたのだと聞いたことがある。

男達は戦場に。荒れた田畑に作物は育たず、産業も廃れて。

でも、今はこんなにも明るくて、何もかもが満ちている。

これが、キリングシークの双璧がもたらしたものの一つだ。そして、双璧の一がサクラの夫である『漆黒の軍神』だった。

どうしても、考えはカイやサクラへと向かう。

それでも、声だけは聞かないようにと言い聞かせながら、ぶらぶらと店を見て歩く。

時折、見知った店主が声をかけてくるのに、笑顔で答えながら幾つかの日用品を手に取る。特に欲しいものがある訳でもなかったが、華やかな品々を眺めて歩くのは、それなりに楽しかった。

ところが、だ。

向こうから歩いてくる人を見つけて、一気に気分が萎える。今、一番会いたいのがサクラなら、あちらは一番会いたくないお方だ。

その姿を発見して、ほとんど、条件反射のように脇道に逸れて隠れる。

隠れてから……私が隠れる必要なんてないはずじゃない？……と思ってはみたが、勝手に体が動いたのだから仕方がない。

それほどに、とにかく、苦手なのだ。

あのシキ・スタートンという男は。

とても優秀な騎士なのだと聞いている。それを裏付けるような、騎士特有の隙のない身のこなしが、嫌いな父の面影に重なるからだろうか？

だから、苦手？

それとも、あのいかにも貴族然とした物腰が、過去に出会った不遜な方々と同じに感じるから？

違う。

何よりもあの飄々《ひょうひょう》として何を考えているか掴めないところが、一番苦手だと思う。声にならないものをたくさん秘めている者は、聞くことを得意とするホタルの不安をとても煽《あお》る。

いっそカイのように、必要なことしか語らないならばいい。

だが、一見饒舌《じょうぜつ》に見えて、でも、どれが本当のことなのか分からないああいう男はとっても苦手だ。

しかも、先日は自業自得とはいえ、キスまでされてしまった。

苦手という思いは強まるばかり。

「避けるなら、もう少し上手に避けてくれないと」

背後からかかる声は、できれば聞きたくないもの。

恐る恐る振り返ると、シキは癪《しゃく》に障るほど優雅に微笑んでホタルを見ている。

避けていると気がついたなら、そっとしておいて欲しい。どうして、わざわざ声をかけるのだろう。

「シキ、どなた？」

どうにかこの場を穏やかにやり過ごそうと頭を巡らせていると、シキの背後からひょいっと、一目で貴族の上流階級のご婦人と分かる女性が顔を出した。

「妃殿下の侍女ですよ、母上」

そんな風に紹介されては礼を尽くすしかない。

ホタルの失態は、サクラの評判に傷をつけかねない。それは、絶対にしたくないことだ。

だから、仕方なく膝を折り、深々と礼をする。

これがいかに優雅で、いたく貴族の皆様に受けがいいかは、オードルの奥様のお墨付き。オードル夫人はとても行儀作法に厳しい女性だった。

サクラの側に付くことになった時から、サクラと同じように作法を教えられるようになり、一時はそれに辟易《へきえき》したこともある。一生、サクラに仕える気はもちろんあったが、まさか皇子に嫁ぐとは思いも寄らなかったから。

適当な作法で良いではないか、とそう思ったものだ。

だが、こうして最上位の貴族の方々の前でも恥ずかしくない程度の作法を身につけさせてもらったのだから、今はとても感謝している。

もう心でタイミングを数えることもないほど馴染《なじ》んだ礼の動作でゆっくりと顔を上げると、老婦人はしみじみとホタルを眺めていた。

何かまずかったかとドキリとしたが、合った視線の優しさにそうではないらしいとほっとする。

「ホタル・ユリジアです」

シキが丁寧にも、名前を女性に伝える。

そんな紹介なしで、さらっと立ち去って下されば良いのに。

ホタルは心で恨み言を綴《つづ》る。

それでも顔には微笑みを浮かべて、夫人に再度頭を下げた。

女性はニコニコと屈託ない笑みを浮かべながら「おいくつ？」と尋ねてきた。

人柄が知れる笑顔に思える。

だが、ホタルは何か違和感を覚えた。

優しい。

美しい。

だけど。

「もうすぐ、十八歳になります」

違和感を押しやり、ホタルは答えた。

あと一週間もすると、ホタルは誕生日を迎える。毎年、サクラが祝ってくれていたが、今年は無理だろう。

当のサクラは、春に一足先に十八歳になっている。

今年も、歳は追いつくのだ。

だが、絶対に追いつけないどこかに、サクラが行ってしまった。

とても遠いところに。

そんな気がする。

「あら……もっとお若いかと思ったわ」と言う母君と、ほぼ同時に「そんなに若いのか」とシキが呟いているのが聞こえた。

どちらかと言うと、幼く見られがちだから、シキのその反応は意外だった。

「シキは、いくつになったのかしら?」

母君が、シキを見上げながら尋ねた。

そういう会話は家でお二人でどうぞ、と思いながらも多少の興味で答えを待つ。

「二十七ですよ」

シキの答えは、意外といえば意外だし、相応といえば相応な気がした。当たり前の話だが、双子のタキもその歳だということになるのか。

同じ顔形なのに、年齢が同じであることに違和感を覚えるほど二人はタイプが違う。

そして、以前ちらりとマアサに聞いたことを思い出す。

確か、カイも同じ歳のはずだった。

さすが、としか言いようがない。

他を圧倒する存在感。誰もが跪《ひざまず》く威圧感。

タキにも、シキにもないものを持つあの主。

それは背負うものが多い証だろうか。

ホタルは身分も地位もないけれど、それでも特殊な力を持つ者として負うべきものがあるのだと過去には幾度と諭された。

あの方は、もっと大きいものを背負うのだ。

大国の皇子であり軍神。世界がこの形を保つのに、不可欠な存在。

サクラ様の想い人は、そういう男だ。

「十八歳というと、ケイカと同じ歳ね」

ホタルの耳に知らない名前が入ってくる。尋ねる立場ではないから黙って、だが、ちらりとシキを見やり訴えた。

そういう会話はご自宅の居間でどうぞお願いします。私は、もう失礼したいのです。

そんな思いを込めた視線に気がついたようで、シキが「母上、彼女は仕事中ですよ」と助け舟を出してくれる。

「そうね」

素直な答えに、立ち去ってくれるのかと思いきや。

「ねえ、貴女」

母君はホタルの手を取った。

ふわりとした、柔らかい手の平だった。

「今度、私とケイカのお話相手になって下さらない？」

いやです。

即答は心の中だけ。返す言葉が見つからず、ただ、黙ってずっと微笑んでいる婦人を見つめる。

「あの子ったら、相変わらず部屋に閉じこもりっぱなしなんだもの……同じ年頃のお嬢さんがお相手して下されは、きっと機嫌もよくなるわ」

ね、と首を傾《かし》げる様が少女のようで。

少し背筋に寒気を感じた。

この感じは、見覚えがあるのだ。

思い出したくもない。だが、忘れられない。

救いを求めるように、シキを見る。

シキは、眉を寄せて母親を見下ろしていた。その様子が、まったくいつものシキらしくなく、ホタルはなおさら早くここを立ち去りたい思いに駆られる。

今すぐにも、その手を振り払って逃げたいぐらいに。

「分かりました。今度、屋敷へ連れて行きます」

なのに、シキはそんな言葉を口にした。

ホタルは、焦った。

ちょっと、待って。そんなこと、勝手に決めないで欲しい。

だって、この方は。

シキ様、この方は……。

「いいね？」

困ると言いかけたホタルを遮るように、シキはにっこり笑って言う。先ほどの、不穏な表情の名残など微塵もない、ホタルの苦手な貴公子然とした笑みだ。

そして、言葉は疑問形だったけど、少しも譲らない強さがそこにあった。

こういうところも苦手だ。柔らかい物腰のくせに、相手を従えさせる威厳じみたものがある。

「奥方がいないんだ。君、暇だろう？」

確かに、サクラのいない今、ホタルには時間がある。

でも、だからって、何故シキの母君や知らない女性の相手をしなくてはいけないのか？

だいたい、これ以上シキとの接点を作りたくない。

「明日は、どうかしら？」

ホタルの思いなど知らないのだろうが、この雰囲気は察しても良いのではないか。

だが、母君は無邪気に尋ねるのだ。

そのあまりに無頓着な様子。

やはり、この方は。

「明日、迎えに行く。マアサにはちゃんと話をしておくから」

ホタルが母君を見つめている隙にシキは、それを決定事項としてきっぱり口にした。

行きません。

そう言いたいのに。

「お待ちしてるわ。絶対にいらっしゃってね」

母君に再度手を強く握られて、何も言えなくなってしまう。悔し紛れにシキを睨んだ。

シキは、ホタルの怒りを煽るかのように、ひどく優しく微笑んだだけだった。

結局、その日の夜。

ホタルは明日、スタートンのお屋敷に行くように、マアサに言われた。

憂鬱だった。行きたくなかった。

だが、マアサに言っても困らせるだけだろう。

仕方なく、ホタルは「承知いたしました」と頷いた。

5

腹痛、頭痛。いっそ生理痛なんてどうだろう。まさか、証拠を見せろとは言われまい。

　朝から、昨日頂戴したありがたくないこのご招待を、ご辞退申し上げる理由をいろいろと考えてはみたものの、結局どれも口にすることはできず、ホタルは不本意ながらスタートン邸へと赴く羽目になっていた。

　しかも、「今日は侍女としてお伺いするのではないのだから」と、マアサに言われて、日頃身につけている侍女のお仕着せは却下されてしまう。

　由緒正しい方を訪問するためにと、マアサが着せてくれたのはこぎれいな浅黄の夏のドレス。髪もいつもは三つ編みにして、引っ詰めるだけなのに、今日は多少華やかに結い上げられる。途中でたまたま通り掛かったカノンが加わって、化粧までされてしまった。

　日頃は慌ただしく仕事をこなす二人だが、カイにサクラ、さらにはタキまでいないとあって、かなり時間も気分も余裕があるようだ。

　新しい玩具でも見つけたかのように、寄ってたかって弄《いじ》られること、数十分。

「あら」

　化粧を終えたカノンが、感心したように呟く。

「きれいな顔してるとは思っていたけど……やっぱり若いっていいわねえ。化粧のノリが違うわ」

　自らの作品に満足するような二人の侍女とは裏腹に、鏡に映る姿を見たホタルの気分は、ただでさえ下り坂だったところに、思い切り拍車がかかって急降下だ。

この姿で、あの騎士の前に出るの？

言い訳でなく、本当に胃のあたりが痛い気がしてきた。

「でも、さすがにちょっと淋《さみ》し過ぎない？」

言いながら、カノンが突然、ホタルの胸に手の平を当てる。ギョッと身を引くと、真剣な顔で「なんか詰め物する？」と聞かれた。

「しません！」

勢いよく返事をする。

冗談ではない。何の意味があって、そんなことをしなくてはいけないのか。

「細い子だとは思ってたけど……それでは、うちの子供みたいよ？」

カノンの子といえば、上の十歳児は男の子だから。

七歳児の下の女の子と一緒にされてしまったようだ。

でも、それでいい。

「体型なんて、まだ、これから変わりますよ」

マアサがクスクスと笑いながら、フォローらしきことを口にする。

ホタルは何も言わずに、鏡の中の自分に目を向けた。

言われても仕方がない、細い体。凹凸に乏しい体は、確かに子供のようだ。

いつからか成長が止まってしまったかのように。
ホタルの体は幼い。
でも、このままでいい。
ふくよかな胸も腰もいらない。
サクラやカノンのように、女性らしい体なんていらない。
誰にも触れられることのない体だから。
何も育まない体だから。
だから、必要ない。
子供のような。
女性らしさのまるでない。
このままの体でいい。
「シキ様がいらっしゃいましたよ」
かけられる声で鏡から目を逸らし、ホタルは重い足取りながら部屋を出た。
シキは、しみじみとホタルを眺めてきた。本当に不躾《ぶしつけ》な、まったく遠慮のない視線だ。
恥じらったり、怒ったりしたら負けな気がする。
だから、なるべく普通を装って。

「……なんでしょうか？」

尋ねる。

「いや……新鮮だな、と」

多分、素直な感想なのだろう。妙に気を遣われて、気恥ずかしい言葉をかけられるよりよほどいいと思った途端。

「君は……少し北の方の血が入っているのか？」

シキが何気なく続けたらしい言葉に、ホタルは自身でもびっくりするくらい体が強張《こわば》った。その反応は、どんなに愚鈍な者でも気がつくだろうというくらい、あからさまだった。

シキが気がつかないはずはない。

さらに質問を重ねられたら、どうすれば良い？

何か言い訳をとホタルが焦る中、シキの方はまるで何事もなかったかのように歩き出した。少し後ろを付いて歩くと、前方から「しかし……細いな」と呟きが聞こえてくる。

またか。

本当ならうんざりするところだが、話題が変わったことを素直に喜ぶ。

でも。

「細すぎる。ちゃんと食べてるのか？」

ちらりと見下ろしながら、しみじみと言われるのは、いい気分ではない。

ちゃんと食べてはいる。

「食べても肉のつかない体質なんです」

だから、その問いには正直に答える。食べさせてもらっていないとでも思われたら、屋敷内の誰に迷惑がかかるのやら。

シキは片方の眉を器用に上げた。

「それはそれでマアサあたりが羨ましがりそうな話だが……細すぎるだろう」

何度も繰り返されて、さすがにムッとくる。

思わず「どうせ、サクラ様と違って、抱き心地が悪そうです」と言ってしまってから。

「それは……」

しまった、と思った。

無礼な態度と、
カイとの会話を遠耳で聞いていたという露呈を、自らほじくり返す失態。

しかし、後の祭りだ。

「……君は普段はどれぐらい聞こえているんだ？」

シキの問いかけに、慌てて答える。常に聞き耳を立てているとは、たとえ相手が苦手なシキであっても思われたくはない。

「あの時は、お屋敷に着いたばかりだったので、緊張してて……ちょっと力が暴走気味だったんです。普段は本当に人より少し聞こえる程度で……」

段々、言い訳が尻すぼみになっていくのは、そこにかなり誤魔化しがあるから。

つまるところ、ホタルは正直者なのだ。

だから、つい俯き加減になってしまう。

「責めてる訳じゃないよ」

シキはきっぱりと言った。

勇気を持って少し顔を上げれば、シキは柔らかい表情でホタルを見下ろしていた。

「能力を使って自らの権威を示そうとする者はいくらでもいるけど、君がそういう人種ではないことは分かってる」

そうありたいと思っている。持っているものは仕方がないと、諦めの言葉を何度も唱えて。

せめて、誰かのお役に立てれば良い。

サクラ様をお守りできれば良い。

そう考えるのに。

なのに、ホタルは力を使ってサクラを追いつめた。

ツンと鼻の奥が痛くなる。

自らが犯した間違いに、また胸が苦しくなる。

「ホタル」

シキは足を止めた。

「大事な人を守るために、力を使うことを恥じたり、負い目を感じる必要はない」

真剣な顔で、ホタルを見下ろしてくる騎士は諭すように続けた。

「皆、何かを守るために自らの持てるものを駆使する。それは悪いことじゃない。君が奥方を守りたいと力を使うことは、決して間違ったことではない」

そして、笑みを浮かべる。

「何も持たない私なんかは、剣を振り回すしかないんだよ」

少し自嘲が混じったようなそれ。

いつもとは少し違う表情に、シキの本音を垣間見《かいまみ》た。

「だから、そんなに自分の力を卑下するんじゃない」

そんな風に言われたのは初めてだ。

ホタルは小さな声で礼を述べた。上辺ではない、心からの礼を。

「さ、行こう」

再びシキが歩き出す。

シキが諭したのは、ホタルが己の力を嫌悪する表の理由についてだ。

それでも、なんだか少し救われた気がした。

黙々と従って歩いたホタルは、馬車の前に辿《たど》り着《つ》いた。

「どうぞ」

馬車の扉を開けて、シキが促す。

「これに乗るのですか？」

歩いて行ける距離と聞いている。

なのに、馬車？

しかも、御者はいない。

つまり、シキが御者をする？

「呑気《のんき》に歩いていくと、途中で逃げられそうだから」

そんなことありませんと言い切れないのは、先ほどまで仮病の言い訳を考えていたからだ。

「乗って」

と言われても。

まさか、公爵家のご子息に御者をさせて、侍女ごときがのほほんと座っていられるはずがない。

「ホタル？」

少し悩み、仕方なくホタルは、シキが座るだろう御者台の横に座った。

「そこ？」

「恐れ多くて後ろには乗れません」

シキは微笑んだ。

「私としては大歓迎だけどね……その姿でここはちょっとね」

確かに。

正装で御者台は、変な光景だろう。

だから、いつもの服で良いと言ったのに。

ただでさえ乗り気ではないのに。

どうしようかと思うけれど、でも、やはり後ろには乗れない。

そういう身分ではない。

「ちょっと待って」

と言うシキが、馬車の中から持ってきたのは、女性用のショールだった。

ホタルの隣に座ると、それをふわりと広げてホタルの頭に被《かぶ》せる。

柔らかな生地は、かなり大きめのもので、頭から腰あたりまですっぽりと隠すことができる。

「ないよりはマシ……ぐらいだけどね」

ホタルはショールで顔を隠すようにして。
「……ありがとうございます」
まったくもってこの方は。
その優しさと気遣いは、
どれだけの女性を惑わせるのだろうか。
こういうところも苦手なところの一つだ。
ホタルの小さなため息は、ゆっくりと動き出した馬車の揺れに飲み込まれた。

動き出して間もなく。

「昨日、ケイカという名を母が口にしていただろう?」

シキが話を切り出した。

「はい」

予測していた会話の流れ。

ホタルは頷きながら、昨日の会話を思い出す。

今日お相手をするのはシキの母君と、拗《す》ねて部屋から出てこない、ホタルと同い年だという娘。

「妹の名前だ」

妹ということは、公爵家の令嬢ということか。

別段、驚く話ではない。

シキに妹がいたとは知らなかったが、それだけホタルには関係のない話だということだ。

だが、続いた言葉には正直驚いた。

「五年前、駆け落ちして、そのまま行方知れず、という困った妹でね」

それが本当ならば公爵家の令嬢の出奔ということになる。

当時の世間は、さぞかし醜聞に湧き立っただろう。

「生きてるなら二十三歳になってる」

ホタルははっとした。

二十三歳？

母君は、ホタルと同じ歳だと、言っていなかったか。

「駆け落ちしたのが、十八歳の時だった」

ホタルはあっさりとそれを理解した。

そして、やはり、と思う。

あの時、感じたものは間違っていなかったのだ。

あの方は、同じなのだ。あの女と。

「相手が身分の低い男で、父が猛反対。妹は、さっさと家を出て男と行ってしまった、と」

そこまでの口調は、いつものシキと変わらなかった。

だが、さすがに次の言葉は声が沈んだ。

「母は、それから、少し壊れている」

大事な人を失って、それが辛くて堪《こら》えられなくなった時。

人はその事実を、己の中から消してしまうことがある。

そして、何事もないように日常を過ごすのだ。

ホタルは、そんな女を一人知っている。

シキの母が、その女に重なる。

「母の中でケイカは十八のままで、拗ねて部屋から出てこない困った娘なんだ」

やはり、来るべきではなかった。

ホタルはぎゅっと手を握りしめた。

私は大丈夫だろうか。あの女と、同じものを抱えた女性を前に、平静でいられるだろうか。

「適当に話を合わせてやってくれ」

不安を抱いたまま、しかし、ショールの内でホタルは頷いた。

ほどなく、馬車は立派なお屋敷の門を潜《くぐ》り、中庭に止まった。

シキの手を借りて、馬車を降りると、突然「あ、そうだ」とシキが声を出す。

まだ、何かあるのかと顔を上げれば。

「悪くなかったよ」

にっこりと、笑うシキに出くわす。何故か少々嫌な感じを覚えながらも。

「……何がですか？」

問う。

「君の抱き心地」

一瞬、意味が分からない。

だが、その意味が分かった途端、今度はカッと頬が熱くなる。

それは、多分あのキスの時のこと？

というか、それしかあり得ないだろう。

「でも、やっぱり、もう少し凹凸が欲しいかな」

ホタルの能力を認めるようなことを言ってくれて。

ちょっと、いい方かもしれないと思ったりしていたのに。

「レンの作る料理はうまいけど、うちの料理人の作るものも悪くないから出たものは、きちんと食べなさいね」

さらっと言った後、何事もなかったように、シキは歩き出した。

やっぱり、この方は苦手。

ホタルは、零れそうなため息を堪えながら、後について歩き出した。


スタートン夫人は、満面の笑みでホタルを迎えてくれた。

ホタルは多少の緊張をもって夫人の前で礼をし、導かれるままに椅子に腰掛ける。

シキは、二人から離れたソファに腰を下ろした。

どうやら、そこに落ち着くつもりらしい。

ありがたいような、ありがたくないような。

複雑な思いを抱く。

夫人は柔らかな口調で、いろいろな話をした。ホタルにも、様々なことを尋ねる。

ことに、公の場に出ることのない妃殿下——つまりはサクラのことは気になるようだった。

当然といえば当然だ。

突然娶《めと》られた、軍神の妃は、ちょっとした時の人だ。

出生、生い立ち、容姿や性格。さしてサクラを知る訳でもない人達が、身勝手な憶測で語るのをホタルは聞いていた。

苛立《いらだ》ちや怒りを持って。

でも、まさか訂正して歩く訳にもいかないから、唇を噛《か》みしめて聞き流していた。

サクラの耳に届かないことを祈りながら。

一方、夫人のそれはホタルを不快にはさせなかった。

噂《うわさ》好きな有閑婦人の好奇心ではなく、幼い頃から知り、息子の主君でもあるカイを思う故と感じ取ることができたから。

だから、ホタルはなるだけ真摯に答えた。

そして、話をするうちにホタルは気がついた。

夫人は、一度もケイカという名を口にしない。シキやタキの幼い頃の話。公爵である夫の話。それらが出た時でさえ。

まるで、そんな娘はいないというようにちらりと触れることさえない。

分かっているのだ。本当は、娘がここにいないことを。

今、ここで、ケイカの部屋の扉をノックし、開けてしまったら、そこに誰もいないということを、
意識の奥底で分かっている。

だから、今は何も触れない。

こうして、自らの世界を護《まも》るのだ。

そんなにも……大事なのか。
その娘が。
いないことを認めてしまったら、自らの世界が崩壊するほどに。
母親とはこういうものなのだろうか。
ホタルは、自らの母を思った。
一度もホタルを己の子と認めなかった女。夫だけが全てだった女。
だが、この目の前の夫人は、違うのだ。
ホタルが、ふと夫人に思いを向けた、その瞬間。
口には出さないその存在が、不意にホタルの耳に届く。
ホタル自身、一瞬、起きたことの意味を摑み損ねた。
「ホタルさん?」
強張ったホタルを気遣うように、夫人の手がホタルに触れる。
途端に流れ込むのは、ざわめく人々の声。
だが、それは背景のようにぼやけて、意味をなさない雑音。
そして、はっきり響くのは。
『アキ、どこにいるの』
声だ。

優しい優しい女性の声。
「ケイカ⁉」
夫人が不意に叫んだ。
「ケイカの声がするわ！」
姿を探すように、椅子から立ち上がり首を巡らす夫人をホタルは驚きで見つめる。
まさか？
同調？
ホタルの聞くものが、この夫人に流れ込んでいる？
こんなにも、たやすく？
そんなことが、あり得る？
シキが動こうとする。
ホタルは一瞬迷ったが目でシキを制して、夫人の手をぎゅっと握った。
意識を夫人に。
夫人の中にあるケイカの声に向ける。
『ああ、そんなとこにいたの。探したわ。さあ、あちらで父様が待っているわ』
『父様、帰ってきたの？』
幼い、男女の区別さえ判じ得ない声。

ざわめき。物売りの声。ひと際大きな叫びが漁船が戻ってきたと告げている。とても訛《なま》りが強い。

でも聞いたことがある。

『父様、たくさんお魚獲《と》ってきたかな？』

アキという子の声の後ろで『マオマオが大漁だってよ！』という答え。

『ケイカ！　アキ！』

男性の声が、名を呼ぶ。

やはり、声はケイカなのだ。

『父様！』

『おかえりなさい。アユ』

遠くにザーッという音。

これは、波の音だろうか？

「ケイカ！」

夫人の声。

いきなり、目の前が暗くなる。

そこで音が途絶えた。

「ホタル！」

ひどく近くに聞こえる声。

背中を抱かれるように起こされて、床に倒れ込んだと分かった。

どうやら、力を使い過ぎたようだ。

「大丈夫か？」

シキが心配そうに覗《のぞ》き込むのに、なんとか頷きを返しながら、夫人を探す。

大丈夫だろうか。また、傷つけてしまったのではないか。

娘はここにいないと。

遠くで、夫と子供と暮らしているという現実は、心優しい母を打ち砕いてはいないか。

「奥様」

夫人は床に座り込み、呆然とホタルを見つめている。その瞳が、ホタルの母の最期とはまったく違うことにいくらか安堵《あんど》する。

「……貴女なの？」

夫人は呟いた。

膝を進めて、ホタルに近づく。

「今のは……貴女が？」

ホタルは目を逸らした。

気味が悪いと思われても仕方がない。遠耳は身近な存在ではないから。

だが。

「ありがとう」

思いがけない言葉が、ホタルに届いた。

ぎゅっと手を握られて、そこに祈りを捧《ささ》げるように額が当てられる。

「生きているのね」

夫人はそれ以外は何も言わなかった。

涙が頬を伝う。

あとはただ、何度も何度も。

「ありがとう」

それを繰り返した。


シキは、侍女を呼んで、興奮気味の母を下がらせた。

母は名残惜しげではあったが、ホタルの疲れた様子と、息子のやんわりとした、だが断固と譲らない態度に、折れて部屋を出て行く。

ホタルをソファに座らせ、温かいお茶の入ったカップを渡す。一瞬触れた指先が、ぞっとするほど冷たい。

「大丈夫か?」

もう一度尋ねる。

ホタルは頷き、手を温めるようにカップを包んだ。

その小さな両手を自身の手の平で温めてやりたいという思いが湧き上がる。

そんなことをすれば、思い切り逃げられるのだろう。

「波の音がしました」

独り言のような小さな声。

「波？」

じっとカップの中を見つめながら、ホタルは話していく。

多分、彼女が聞いたことを。

たくさんの情報の中から必要なものを探し出すように、考え込む。

普段の子供っぽさとはほど遠い姿だ。

「それから、周りの話し声には南方の訛りが多く聞かれました」

続く言葉に、シキの頭には幾つかの地名が浮かぶ。

「マオマオが大漁だったと」

この時期にそれが獲れる地域。

それだけで、随分と絞られる。

「そこにケイカが？」

ホタルは頷いた。

「旦那様らしき方が、帰ってきたとおっしゃっていました。お子様の言葉から旦那様は漁師と思われます。少なくともその近辺にお住まいと思います。町の名前までは分かりませんでした……申し訳ありません」

「詫びる必要なんてないよ」

疲れきって座っているのも辛そうなホタルを労《ねぎら》いながら、少なくはない驚きを持って見つめる。

遠耳を持つ者は何人か知っている。中には、かなり遠くのことを聞くことができる者もいて、戦では助けられた。

けれどもこの能力は。

「驚いたよ……こんな遠耳は初めて見た」

ケイカの声を探し当てたのだ。

広範囲を聞くだけではない。

ホタルは、声を探し当てることができるのだ。

「私……普通じゃないみたいです」

素直な感嘆だったが、その言葉はホタルには辛いものだったようだ。

疲れているせいか。

それとも、多少シキに打ち解けたのか。

心情がありありと表情に出る。

「例えば……こうしてシキ様の側にいると、シキ様がその時にお望みの方の声を聞くことができるんです」

ホタルはカップに口をつけた。

一口含み、息をつく。

「逆に……私が聞いていることを、人に聞かせることも可能です。ただ、これは、なんて言うか、波長？……が合わないと難しくて……奥様が同調なさるなんてびっくりしました」

シキは、ふと気がついた。

「奥方とは合う訳だ」

ホタルは嬉しそうに微笑む。

「そうなんです。小さな頃は、それがとても嬉しくて……意味なく、いろいろなことを一緒に聞いてみたりしました」

それから、シキを見る。

シキが視線を合わせると、一瞬たりとも迷わずに。

「本当に……最初は故意ではなかったのです。奥様にお聞かせするつもりもまったくなくて」

訴えてくる。

「私の力に巻き込んでしまい、奥様には申し訳なく思っています」

確か、十八歳になると言っていた。意外に若いと思ったのは、こういうところに、細かな気遣いが見えるからだ。

「ホタル。巻き込まれたのは、君だろう」

シキは思うままのことを口にした。

ホタルがあえてケイカの居場所を探ろうとしたとは思えないから。

「母の思いに君が巻き込まれた。すまなかった」

娘の不在を認められない母。自らを騙《だま》してしか正常を保てないほどに求めるその想いに、ホタルが引きずり込まれたと考える方が適《かな》っている。

ホタルは、目を見開いた。

そんな表情は、歳相応に見える。

そして、プルプルと首を振った。

その仕草は、幼い子供のよう。

「それから……」

シキはずっと言うべきだと思っていたことを、ようやく口にする機会を得た。

「この間も、悪かった」

ホタルは、じっとシキを見つめる。

誘われているような感覚を、錯覚だと言い聞かせながら。

「奥方を軽んじるようなことを言った」

ホタルはまた、首を振った。

「もう一つ」

本当に詫びたいのはこちら。

「無理やり……キスした」

ホタルの頬が赤く染まる。

今日のホタルは、いろいろな顔をシキに見せる。

見せていないのは、満面の笑みくらいか。

「いえ……あれは、元はといえば私が悪いんですし」

俯いて、ボソッと返る返事は、だが、そこで詰まる。

耳まで赤い様子に、思いついたことを口にする。

「もしかして、初めてだった、とか？」

コクリ、と頷いた。

それには正直驚く。いや、慣れていないのは、気がついた。

だが、侍女などという立場にあれば、不埒《ふらち》な貴族の誘いなど、いくらでもあろうに。

初めて、とは。

「大丈夫です！」

いきなり、顔を上げて、ホタルが勢いよく話し出した。

「なかったことにしてますから」

ホタルにしてみれば、シキを気遣っての言葉だっただろう。

しかし。

「いや、それは無理だろう」

無理に決まっている。いや、なしにされるのは不本意な気がする。

何故なら、シキは無理なのだ。

あれから何人の女で、その感触を消そうとしたことか。

いくら濃密な時間を上塗りしたところで、僅かな応えもなかった拙いキスが浮き立つ。

「シキ様が黙ってて下されば無理ではないです。次が初めてってことにしますから、シキ様も忘れて下さい」

しかも、そんな風に言われ、かなりムッときた。

「おい、待て」

立ち上がらんばかりのホタルの腕を摑み。

「次回の予定があるのか？」

尋ねていた。

ホタルは、また頬を染めて。

「それはシキ様には関係ありません」

もっともな答えだ。

ホタルが誰とキスを交わそうが、シキには関係ない。

関係ないが、面白くない。

面白くない？

「それはそうだが……とにかくなしにするのは無理だろう」

自身が至った思いを、今は深く追求するのはやめて、ひとまず、言うべきことを言う。

「何かあったら言ってくれ。詫びはする」

ホタルは「いえ、そんなことは……」と言いかけた。だが、それは途中で止まり、考えるようにソファに座り直した。

やがて。

「私、サクラ様のところに行きたいです」

願い出た。

そうきたか。

もし、意趣返しなら見事だ。
だが、もちろんそんなはずはない。ホタルは何も知らないだろう。
これは、純粋な願いなのだ。
「それは……」
カイがサクラを連れて行ったのは、とある小国。
アルクリシュというそこは、体調を崩した妃を連れて行くに相応《ふさわ》しい国に違いない。
だが、シキには、あまり近づきたくない場所なのだ。
どうする?
ホタルはシキを見ている。
じっと、黙ったまま。
期待と不安を隠しもしないで。
この表情を払拭するのは簡単だ。
一言でいい。
「……分かった。連れて行こう」
そして、シキは折れた。
「本当ですか!?」
ホタルの表情が一転する。

「ありがとうございます。シキ様」

今日は本当に、様々な表情を見せる。しかし、まさか、この笑顔が自分に向けられるとは思わなかった。

見たことのない、いや、シキには見せたことのない笑顔。遠くでしか見たことのない表情が間近に溢れて、思いがけず、心臓が躍った。

「どういたしまして」

意識してにっこりと笑みを返しながら、なんとなく、己の感情の行方に気がついてしまった。

第二章

1

ほんの数日。

カイがサクラを連れて行ってしまってから、サクラに再会するまでの時間はほんの数日だった。今まで共にいた時間に比べれば、それは本当に僅かなものに過ぎない。

なのに、サクラはすっかり変わっていた。

体調が回復したというそれだけではない。

鮮やかに。艶《あで》やかに。

変化を遂げた。

自らの想いを認められた方は、あまりにも眩《まぶ》しい。ホタルが触れることを躊躇《ためら》うほどに。

匂やかな瑞々《みずみず》しさに満ち満ちていた。

全て、カイ様のために。あの方のためだけに、サクラ様は変わったのだ。

そして、カイ様もまた。

ホタルからサクラ様を奪った方。

サクラ様を傷つけるばかりだった方。

だけど、サクラ様が求めて止まない方。

その方がサクラ様を受け入れた。

サクラ様の想いが届いた時に、その場に共にあれたことを、ホタルはとても嬉しく思った。

サクラ様の想いが通じて。

そして、思いも寄らないほどの、深い愛情がカイ様から返って。

本当に良かったと、心からそう思っている。

だけど、許して欲しい。

寂しいと思うこと。恋しいと思うこと。

どうしても、拭い切れない。

どんなに言い聞かせてみても、一人になったという思いだけはホタルからなくならない。

どうしても。


「サクラ様。準備できましたよ」

サクラの今日のドレスは、夏の若草を集めたような鮮やかな黄緑。薄い布地で涼しげではあったが、華奢な首筋や肩はやんわりと隠す大人しいデザインだ。ほんの数日前には、アルクリシュのドレスは首と肩を晒《さら》すのが特徴と言っていたアイリだが、手の平を返したように露出を抑えたドレスを準備している。

怪我《けが》を負ったカイを煽らないため、と公言して憚《はばか》らないのはさすがだが、どれほど功を奏しているのか。

「カイ様のお部屋に行かれるのでしょう?」

呼びかけても動き出さないサクラに再度声をかける。

サクラはちらりとホタルを見やり、少し頬を膨らませて。

「簡単に言わないで……心の準備がいるの」

頼りなげに訴えてくる。

「心の準備、ですか?」

サクラは頷きながら、柔らかなドレスの裾を実に無造作に、だが華麗に捌《さば》きながらラグの上に座り込む。

サクラ自身はあまり気がついていないらしいが、作法に厳しいオードル夫人にきっちり躾《しつ》けられているサクラの動作は、実のところ、とても優雅で美しい。

「こんな状況、想像したことないもの……どうしたら良いのか分からないの」

どんな状況かは、深く追求しないことにする。

とはいえ、アイリの不作法のおかげで、カイの腕の中に収まるサクラをはっきり見てしまった身としては、その状況を想像するのは難しいことではない。

その上で、ホタルが言えることといえば。

「私だって、どうしたらいいか分かりません」

ぐらいだ。

オードル家にいた頃は、来客として訪れる貴族らに何度も不埒な真似《まね》を仕掛けられたことはある。だが、ホタルはそういったことは頑《かたく》なに拒んでいたし、周りの親しい者達はそんなホタルを庇《かば》ってくれた。

故に経験といえば、先日の――と考えが至って、遮断する。

「相談相手には到底なれません」

としか言いようがない。

「頑張って心の準備をして下さい」

情けない応援を口にしながら、時間を気にする。

「サクラ様、そろそろ行かれた方が……」

そうしないと。

と思ったところで、扉がノックされる。

大方予想しながら答えると。

「奥方様、そろそろカイ様のところに行って下さい」

思ったとおり、慌ただしくシキが現れた。

シキが歩み近づこうとするサクラを見やれば。

サクラは縋《すが》るようにホタルを見ている。

「何か不都合でも？」

シキはホタルに尋ねた。

これは多分、ホタルが適当な言い訳をすれば、シキは猶予を与えてくれるつもりということだろう。

「……何もないと思います」

しかし、そう答える。

いずれ、サクラをカイの元へ送り出さねばならないのだ。

少しばかり先延ばしにしたところで意味はない。

「じゃあ、カイ様のところにどうぞ」

シキがにっこりとサクラに笑いかける。

サクラは動かない。

不安げな表情で——カイ様が見たら絶対怒る……とホタルが心配する愛らしい不安定さで、シキを見上げた。

「……まあ、奥方様の戸惑いも分からなくはありませんが」

シキは苦笑いのような、それでいてサクラを宥《なだ》めるような笑みを浮かべた。

その笑みは、ホタルをも懐柔させそうな柔らかな優しげなものだったのに。

「カイ様も花を眺めて愛《め》でる方ではないので……しかも、それが咲き誇って、触れられるのを待っているかのようでは堪えろと言う方が酷でしょう」

さらっと言ってのけられた言葉は、若い娘二人を硬直させた。

シキ様……ちょっと、それは。

赤くなって俯くサクラに代わって、ホタルはシキを止めようと口を開きかけた。

だが。

「まして、貴女は妃な訳ですから、本来なら、誰に咎《とが》められることなく、好きにしていいはずですし」

と、続けざまの言葉も際どい。

さらには「……医者の言うことはもっともかもしれませんが……我慢させ過ぎるのもどうかと思いませんか？」などと言われて、サクラは黙って身を縮めるようにしている。

「シキ様」

ホタルはなんとかシキを止めようと声をかけた。サクラもだろうが、ホタルだって、そんな恥ずかしいこと、聞きたくない。

だが、シキはそれを易々と無視して続けた。

「怪我なら大丈夫ですよ。あの程度なら、あの方にとってはどうってことないですから。何も気にせずカイ様に任せてしまえば、あとは……」

限界。

あとは、なんなのかなんて、絶対に聞きたくない。

「シキ様！」

声を荒らげて、その名を呼ぶ。

シキは言葉を止めた。

真っ赤になって睨むホタルを眺め、ふと微笑むと。

「ま、逃げ場はありません。諦めて下さい」

サクラには極上の笑みを見せて、手を差し伸べた。

「……という訳で、カイ様のところにどうぞ」

サクラはシキの手を眺め、やがて「分かりました」と、そこに手を添えた。

ホタルは、シキの助けを得て立ち上がるサクラに近づき、髪とドレスを整えた。

「ホタル、行ってくるわ」

笑顔を見せるサクラに、笑顔を返し。

「行ってらっしゃいませ」

そして、サクラには分からないようにこっそり、だけど思い切りシキを睨みつけたのだった。

人目を避けるようにして、ホタルは庭の隅に座り込んでいた。膝を抱える姿は、やはり少女のようだ。

「ホタル」

これ以上近づくと気がつくだろうというところで立ち止まり、名を呼ぶ。

ホタルは振り返り、シキを認めると慌てたように立ち上がった。

「何かご用でしょうか」

この二、三日で、少し打ち解けたかと思っていたが、また、元に戻ってしまったようだ。

だが、シキはそれをあえて素知らぬ風に近づき、ホタルの横に腰掛ける。

そして、ホタルに隣を指さしてみせた。

ホタルは少し迷った後、素直にそこに座った。

やはり、多少は歩み寄ることができているらしい。

「泣いてるかと思った」

ホタルを見つけた時は、本当にそう思った。

というか、実のところ、探していたのだ。

一人で、どこかで、泣いているのではないかと思って。

「泣きません。何も……泣く理由なんてありません」

言うものの、シキには泣いているように見える。

「まあ、それもそうか」

だが、そう言っておく。

ホタルはホタルで、何かを思っているはずだから。

「暇そうだな」

少し庭を眺めて、シキは尋ねた。片隅から覗き見る庭は、どこか遠い世界に思える。

平和な一時だ。

ほんの少し前に、魔獣に出くわして、主君が怪我を負ったとは思えないほどに。

「ここでは特に仕事もありませんし」

ホタルは同じように庭を眺めながら答えた。

静かな瞳は、シキと同じような違和感を覚えているかのよう。

この娘は、時々ひどく大人びた顔をする。

それは遠耳という力のせいだろうか。

「カイ様はサクラ様にベッタリだしねえ」

言えば、大人の表情が消えて、子供の笑みが零れた。

だが、それがすぐ険しくなってシキを睨む。

「シキ様、サクラ様を虐《いじ》めないで下さい」

もちろん、今朝方の会話だろう。カイの求めに戸惑うサクラに、あえて際どい言葉を投げ掛けてみた。

「親切な助言だっただろう？」

「助言？」

疑う目線に笑いかけた。

「奥方はもう少し自覚した方がいい」

シキ自身、最近気がついた。

サクラという主の妃は。

「ご自身が十分に魅力的だということをね」

平凡な娘だと思っていた。特筆すべきことのない凡庸な娘だと思っていた。

だが、違う。

あの柔らかさ。

あの温かさ。

そして、通った一筋の強さ。

サクラという娘は、軍神や、この侍女を魅了するだけのものを持つのだ。

「そうだろう?」

ホタルはシキを見つめ、そして嬉しそうに微笑んだ。

「はい」

こちらの娘も、自覚すべきだ。

その笑みが、いかにこちらに切り込んでくるか。

もっとも、まだまだこちらは咲き誇るには、時間がかかりそうだが。

「シキ様は何してらっしゃるんですか?」

少しの間をおいて、ホタルが尋ねてきた。

ホタルの方から、会話を続ける様子を見せたことを意外に思いながら。

「私も暇を持て余しているところだ」

答える。

カイに傷を負わせた魔獣は狩った。

もう一頭いるという魔獣は、まだ見つからない。

剣を振るう相手がいないうちは、シキには比較的自由が与えられる。とはいえ、言うほど暇を持て余している訳ではない。今しがたも、現れた狩人《かりゅうど》達に幾つかの指示を出してきたところだ。

「タキ様はお忙しそうにお仕事していらっしゃいますよ」

　ホタルが言う。

「あいつは仕事が趣味だから」

　シキは肩を竦《すく》めてみせた。

　双子の片割れの忙しさは承知している。

　だが、それはシキが口を出すことではない。シキが必要な時、タキは迷いも遠慮もなく使ってくれるのだから。

　だから、今はこうして一時の平穏を過ごすくらいは許されるだろう。

「……カイ様が」

　ぽつり、とホタルが切り出した。

　見ると、何か言いづらそうにしている。

「うん？」

　促す。

「……私がシキ様をここにお連れしたのか……とおっしゃったのですが」

　ホタルは俯いたままだ。

「ここには……いらっしゃることを、あまりお望みではなかったのでしょうか」

　これは何か聞いたな、と察する。

「そうだな」

ホタルが見た目の幼さとは裏腹に、ひどく大人びた風に思い悩むタイプらしい、と気がついているシキは、そんな些細《ささい》なことがホタルに引っかかっているなら取り除いてやりたい、と単純に思って軽く答える。

「……それは……」

ホタルは言葉を探すようにしていたが、結局。

「アイリ様がここにいらっしゃるからでしょうか？」

すっぱり聞いていた。

つい笑みが零れたのは、まるで駆け引きができない率直さが可愛《かわい》らしいと思えたからだ。

「何か聞いた？」

尋ねる。

「遠耳で聞いたのではないです」

との答えに、また、ホタルが力を卑下していると感じながら。

「そういう意味で聞いたんじゃないよ」

手を伸ばして、ポンポンと小さな頭を軽くはたく。

ホタルは戸惑うような表情を見せながらも、シキの手の平を拒まなかった。

「ここの侍女の方々が……その……過去の経緯をいろいろと教えて下さいまして……」

ここの侍女達は若く華やかな分だけ、口も軽いらしい。

シキは「ふーん」と、なんとなく答えた。

ホタルは少しだけ間をおいて。

「シキ様もアイリ様をお好きなのですか？」

まるで子供の問いかけだった。

「そういうことを、サラリと言うかな、この子は」

本当に駆け引きのないそれ。

「はっきりしておこうと思いまして」

そして、やけにきっぱり言う。

「何故？」

問えば。

「お詫びすべきかと」

一度も視線を合わせないのはそういうことか。

どうやら、侍女の心中には罪悪感、というものがあるらしい。

「ここに連れてきていただいたので……申し訳なかったと……」

シキはもう一度ホタルの頭を手の平で宥めた。こんなことで、ホタルを煩わすのは避けたい。

「いや……正直来て良かったよ」

だから、隠すことなく話すことにする。

「アイリが好きだったよ」

幼い頃から一緒にいた小さな姫君。

美しい娘になる様を見守って、それが、いつの間にか恋慕になった。

だが、カイの妻になる女性だと、手の届かない方だと、最初から求めもしなかった。

あのままカイの妻になっていれば、違っただろう。

主君の妃として仕え、想いは何らかの姿に変わったと思う。

ところが、アイリは双子のタキの妻となった。思いがけない——いやアイリの想いには気がついてはいたのだが、それでも、まさか、という現実にシキの気持ちはどこにも行き場がなくなってしまったのだ。

引きずっているとは思いたくなかった。

だが、どんな想いを抱き続けているのか形が見えなくて。

だから、ここには来たくなかった。タキとアイリが共にいるところを見たくなかった。

「けど、もう、大丈夫だった」

そう、大丈夫だったのだ。

アイリは、双子の兄の妻。

その現実は、あっさりとシキの中に落ち着いた。

さすがに無邪気な抱擁を受け入れるのは躊躇われたが、昔話に花を咲かせられるくらいには、それは過去の想いだった。

「本当に？」

心配げに尋ねる少女のような娘に頷く。ほっとしたように微笑んだのに満足しながら、ふと話を振ってみる。

「ホタルは？」

さほどの意図があった訳ではない。

まるでその手の話題に興味のなさそうな娘への好奇心？

「私？」

ホタルは首を傾げた。

「そう……君は、誰か好き？」

ホタルは首を振った。

「私、そんな資格ありません」

呟かれたそれの意味は分からない。

「資格？」

誰かを好きになる資格。

そんなもの、誰にだってあるだろう。

「サクラ様だけでいいんです」

ホタルは言った。

きっぱりと。

それが気に入らなかった。

「だが、奥方の唯一は君じゃない」

自分でもひどいことを言ったという自覚は十分にある。

しかし、事実。

ホタルが唯一と仕える方は、ホタルではないたった一人を見つけた。

「意地悪ですね」

ホタルが睨んでくる。

それをさぞかし余裕めいて見えるだろう笑みで受け止めた。

「寂しくない？」

尋ねる言葉は、自分でも思いがけない優しさを含んでいた。計算ではないそれに一瞬シキ自身が戸惑った。

だが、それはホタルを懐柔しない。

人よりたくさんの言葉を聞く耳は、その優しさをどう取ったのか。

「本当に意地悪ですね」

むしろ、気分を害したようだ。

立ち上がろうとするのを腕を掴んで止める。

「私は寂しいよ」

一人は寂しい。

そんなの当たり前だろう。

だから、みな誰かを求めるのだ。

違うか？

「だから……たくさん恋人をお持ちなのでしょう？」

責める口調ではなかった。

事実として突き付けて、シキから離れたいというだけの気持ちを含んだ言葉だったのだろう。

だが、それは何故かシキに何かを抱かせた。

名を付けるなら、罪悪感とか後ろめたさ。

「それも親切な誰かが教えてくれたのか？」

それでも、余裕の笑みを見せて尋ねた。

ホタルは答えない。

ただ、シキをじっと見つめてきた。
「本当に欲しい一人が手に入らないとね……一人じゃ代わりにはならないんだ」
視線を逸らさずに、シキはそんなことを口にしてみた。
多分、それは本音だ。
ただ、本当に欲しい一人は誰なのか。戦の最中、狩りの最中。
もしかしたら、これが最期の時かも。
そんな時さえも。
思い描く人をシキは持っていない。
幾人の情人がいても。
戦いを終えて戻る場所は、シキは定まっていない。
「……私は……一人で良いんです」
サクラ様だけで。
ホタルは呟いた。
とはいっても、シキに侮蔑の視線を向けるでもない。
なるほど。
シキのことは他人事《ひとごと》か。己には関係ないと、あっさり切り捨てられるのか。やはり、
本当にあの妃だけなのか。

だけど。

「寂しいのに？」

言いながら腕を引く。

「……寂しい者同士……慰め合うのは悪いことか？」

本気か冗談かは自分でも分からない。

だが、細い腕を掴んだ力は自分自身でも思いがけず強い。ホタルは崩れるようにシキの胸に倒れ込んだが、すぐに顔を上げた。

そして、今度は明らかな蔑視を胸元からくれる。

「申し訳ありませんが、他を当たって下さい」

腕を払われ、すぐさま胸から逃れる娘に、再び引き寄せられる隙はなかった。

「失礼します」

礼さえなく、ホタルは小走りに逃げていく。

失敗した。

だが、止まらなかった。

サクラ一人を求めて、誰も受け入れようとしないホタルが腹立たしい。

こんなに。

こんなにシキを捕らえておいて、サクラしかいらないというホタルが。

ああ、そうか。
ストンとシキの中で、何かが落ちた。
そうなのか。
シキは、納得した。
なんとなく、気がつきかけていた。だが、唐突にそれに納得した。
あの娘に惹《ひ》かれている。
あの娘が欲しい。
シキはホタルが去った方を眺める。
だから、目が離せない。泣いていないかと心配で、姿を探さずにはいられない。
そして、笑みを向けられれば、胸が跳ね上がるのだ。
そうか。
己はあの娘が欲しいのだ。
なのに、あの娘の心を占めるのはたった一人。
だから、こんなにも腹立たしい。
とはいえ、どうする？
あの娘は、妃が最も信頼する侍女だ。
遠耳という能力を持ち、しかも、まだまだ何かを内に抱えていそうだ。何よりも、シキを苦手だとはっきり意思表示しているではないか。

軽い気持ちで手を出すには、少々、いや、かなり厄介な相手。

考えてみる。

このまま、距離を置くというのも一つの手。

いや、そうするべきだろう。

だが、できるのか。

気がつかぬうちにも視線が追うのに。

意識せずとも、手が伸びるのに。

手に入れずに済むのか？

2

『寂しい者同士、慰め合うのは悪いことか？』

シキの言った言葉がホタルの耳に残っている。

確かにホタルは寂しい。だけど、シキが言うのは違うと思う。慰め合えば、その時は寂しさが薄れるのかもしれない。

でも、その後はどうなるの？

慰め合うためだけに寄り添って、そのあとは？

また、寂しさに苛《さいな》まれるだけではないの？

そうしたら、また、慰めてくれる人を探すの？

そんなの嫌。こうして一人で眠れない夜を過ごす方が良い。

どのような未来が先にあるのかは、もちろんどんなに耳を澄ましたところで聞こえるはずもないけれど。

でも、サクラの未来がカイと共にあるならば。

それでも、ホタルはサクラが唯一なのだから。

だったら、さっさとこの寂しさに慣れてしまいたい。

きっとできるだろう。

離れ離れになる訳ではないのだ。ホタルよりもサクラに近しい方が現れただけ。サクラは側にいる。

それは、サクラが現れる前の孤独な日々よりよほど良いに違いない。

そうでしょう？

ホタルはため息をついて、寝返りを打った。

眠れない。

『寂しくない？』

聞きたくない声が脳裏に響く。

ホタルはそれが今現在囁かれているものではないと分かっていながら耳を塞いだ。

どうしてあの人は、構うのだろう。

苦手だと分かっているだろうに。

どれだけ、無礼な態度を取っても、優雅に微笑んでそれを受け止める。

苦手だ。

とても。

枕に顔をうずめる。

考えない。考えても仕方がない。高貴な方の戯れを真剣に受け取るのは愚かだ。

そう言い聞かせるのに。

シキに摑まれた腕が熱い気がする。一瞬触れただけの体の感触が手の平に残っている気がする。

それを認めたくなくて、ホタルはぎゅっと目を閉じて眠りを待った。

ようやく、浅い眠りが訪れる。

そんな時、ホタルは再び目を開けることを余儀なくされた。

僅かな物音。

微かな息遣い。

普段ならば、気がつかなかったかもしれないほどのそれ。

ホタルは身を起こした。

耳を澄ます。

寝静まった屋敷内の物音は少ない。

それを通り越しもっと遠くへ。もっと広い範囲を。

そして、届いた音にベッドを降りる。

迷っている暇はない。

ホタルは数えきれないほどの寝返りでベッドから滑り落ちていたショールを拾い上げ羽織ると、部屋を飛び出し走り出した。

誰もいない薄暗い廊下。

壁の向こうのその向こう、嫌な音が近づいてくる。

目的の扉が目に入るなり、慌ただしくノックした。

軍神は、誰と問うこともなく、すぐに部屋から出てきた。

「どうした？」

いつかは、嫌いだとも思った低い声。

しかし、ひっそりとした空気の中に響くそれは、驚くほどホタルを落ち着かせた。

だが、ひしひしと確実に近づいてくる音は、それをも蹴散らす。

「嫌な音がするのです」

今、この時も。

ほら、近づいてくる。

「……分かった」

カイはホタルの様子に何かを察したのか頷くと、一旦は部屋の中に入っていく。

いくらも経《た》たないうちに現れたカイの手には、剣が握られていた。

「どんな音だ？」

長い脚が速足で進む。行き先は、迷わずサクラの部屋。

ほとんど駆け足になりながら、ホタルは乱れる呼吸の中答えた。

「……唸《うな》り声《ごえ》、呼吸、足音……とてもたくさんです」

なお探る。

近い。

「どのくらい近い？」

もうすぐそこに。

そして、いったいどれほどいるのか分からぬほどに、幾重にも重なっている。

「かなり近いのです。申し訳ありません。魔獣は音を消すのが上手なので……」

どうして、もっと早く気がつけなかったのだろう。
どうして、もっといろいろなことを聞けないのだろう。
もどかしさを覚える中。
「詫びる必要はない」
カイはそう言った。
そして「シキに知らせに行けるか？」と問う。
命令ではない。実は足が震えているホタルの怯《おび》えを知っているのだ。
この方は。
なるほど、本当はお優しいのだ。
ホタルは答えた。
「はい」
カイがちらりとホタルを見る。
そして、励ますように微笑んだ。
「寝てるだろうが、たたき起こせ」
その言い方に、ホタルは一時だけ状況を忘れて笑みを零した。
シキの扉の前での躊躇《ちゅうちょ》は一瞬。

あまりに近いそれは呑気にノックをしている場合ではないのだと、ホタルに覚悟を決めさせた。

「シキ様！　起きて下さい！」

有無を言わさず、扉を開け放った。

アイリじゃあるまいし、人生でこんな無作法をしたことはない。でも、そんなことを言っている場合ではない。

ベッドの上、シキが飛び起きた。

同時に枕元にある剣を構えるあたりは、さすがだ。

「ホタル？」

驚いた様子を隠しもしない騎士に、ホタルは近寄りベッドへと伸《の》し掛《か》かる。

「君……夜這《よば》いなら、もう少し穏やかに……」

「違います！　早く起きて下さい！」

相変わらずの軽口に返しながら、シキの腕を取ってベッドを降りようとしたその時、どこかでガラスの割れる音がした。

「何だ？」

「魔獣です！　すごい数が……」

状況を説明しようとすると、シキの背後で激しい音がする。

シキが反射的に自らの体をシーツで覆い、さらに、その体でホタルを庇う。

音が止み、室内に目を向けたシキは唖然《あぜん》とした。

「なんだ、これは……」

ガラス窓が無残に打ち破られている。

「寒い季節でなくて良かった、のかな」

などと言いながらも、今がそんな状況ではないことはすぐさま知れた。

部屋には、無数の魔獣が目を光らせて、蠢《うごめ》いていた。

「知らせに来たのは、これか？」

尋ねられて、ホタルはコクリと頷いた。思わず、シキに縋る。

なんて数なのか。

ここまでとは、思わなかった。

「……カイ様は……サクラ様のところに……」

シキは縋るホタルを抱き寄せながら、手にしていた剣を構えた。

また、どこかでガラスの割れる音がする。

それに刺激されたのか、何匹かの獣が飛び掛かってくるのを、シキの剣があっさりと
切り捨てるのを、ホタルは抱かれたままで呆然と見ていた。

「知らせてきたのか？」

頷いた。

もはや、声は出ない。

見上げれば、いつもと変わらない笑みがホタルを見下ろしている。

「上出来だ」

微笑む余裕が、この人にはあるのだ。

どんなに、穏やかに見えても、この人も戦士なのだ。

「しかし参ったな……身動きが取れない」

自分がくっついているせいかと身じろぎすると、逆に引き寄せられて、大きな手の平がポンポンと背中を叩《たた》く。

「違う。この数だ……たぶん、屋敷中に溢れてるんだろうから……」

耳を澄ませばシキの言うとおり。もう何が何だか分からない音が、屋敷中に渦巻いている。

「……っや……」

紛れる激しい悲鳴にホタルは、シキの胸に顔を埋めた。

「ああ、もう、この子は真面目だな。聞かなくて良いから、ここで大人しくしてろ」

何を聞いたのか察したのか、シキはホタルの頭を抱いた。

「そうは言ってもあまり大人しくもしてられないか……とりあえず、奥方のところに向かうかな。努力はしておかないと、後でタキに何を言われるか」
シキは言いながら、ホタルを抱きかかえるようにしてベッドを降りた。
「歩けるか？」
問いに頷けば、ホタルの腕を取って歩き始める。
昼間は怒りに任せて振り払ったそれが、今はこんなに頼り甲斐《がい》があるとは。
だが、開け放ってあった扉から一歩踏み出して、そんな僅かな安堵は飛び散った。
ホタルはガクガクと震え出す体を止められなかった。
獣、獣、獣。そして――屍《しかばね》。
見知った侍女のそれに、ホタルは目を背けた。
「見るな……って言っても無理か」
ホタルの頭を胸に押し付けて視界を遮りながら、シキは言う。
怖い。怖い。怖い。
これが騎士や狩人が生きる戦場という場所？
何度も耳で聞いたそれは、目にはこんな風に映るのか。
動けない。
固まってしまった体は、一歩も進めない。
どうしよう。

サクラ様の元に行きたい。

だけど。

「ホタル、奥方のところに行くんだろう?」

シキが耳元で囁く。

ホタルは顔を上げた。

「カイ様がいる。だけど、それでも君は奥方のところに行きたいんだろう?」

ホタルは頷いた。

「じゃあ……なんとかついて来い」

腕を掴んだままシキが走り出す。

キーキーと耳障りな声が渦巻く中で、シキの断つ獣の悲鳴がひと際甲高く響く。

シキは決してホタルの腕を離さなかった。そればかりか、時には抱き寄せてホタルを全身で庇う。

完全に足手まといだ。

それを思い知って、だから、ホタルは必死に走った。

頑張って。

走って、走って。

ようやく辿り着いたサクラの部屋。

床を埋め尽くさんばかりの獣の残骸。

見たこともないような巨大な真黒な魔獣が、横たわっている。

少し離れたところには、一度だけカイと共にいるのを見た白い獣。

そして、サクラはカイの腕の中にいた。

それを見て、ホタルは心底ほっとした。

寂しいとか。

恋しいとか。

そんなことは、もうどうでも良かった。

サクラが無事で。

そして、何よりも安全な、何よりもサクラが求める——カイの腕の中にいる。

「遅い。もう終わった」

大事そうにカイがサクラを抱く。

「……ひとまず、だがな」

ホタルの腕を掴むシキの手に力がこもる。

ホタルはシキを見上げたが、シキはホタルを見ていなかった。

カイと巨大な黒い山に目をやりながら、ホタルの腕を掴んだままカイとサクラに近づいていく。

「無茶言わないで下さい。そこら中、魔獣だらけだったんですから。屋敷の中は、めちゃくちゃですよ」

ホタルはシキから目を離し、驚く大きさの魔獣をすれ違い様に眺め、そして、カイに抱かれているサクラに視線を移した。

サクラはカイの腕の中で疲れたように、それでも、ホタルに頷いてみせた。

大丈夫だと。

そして、大丈夫かと問いかけてくる視線に、ホタルもまた頷いてみせた。

ホタルの耳に新たな足音が届く。

「カイ様、屋敷内には魔獣は残っていないようです」

タキだった。

これでは、シキだかタキだか分からない。

そう思うほど、血に塗《まみ》れている。

「例の魔獣でしょうか。サラが仕留め損ねた……」

「分からん。見知った者に確認させろ」

カイが命じるのをホタルはぼんやりと聞いていた。

しばらく、何も聞きたくない気分だ。

だが、タキが出て行く足音が耳に響く。

精神的におかしな状態になっているのだろう。

聞きたい音。

聞きたくない音。

求める声。

興味のない会話。

様々なものがホタルの意思に関係なく遠ざかったり、近づいたりする。

「この辺りの狩人に伝えろ」

カイのそれはシキに向けられているようだった。

既にシキの手はホタルを離している。

それに気がついた途端、その場にしゃがみ込みたい思いに駆られたが、なんとか立ち続ける。

「ここから去っていった奴らが、しばらくは暴れるだろう。根こそぎ討ち払え」

「了解です。俺も、このまま着替えて出ますよ。奥方様、準備にホタルをお借りしても?」

シキの声がホタルの名を紡いだことだけが、やけに現実味を帯びて耳に届く。

サクラを見ると、サクラもまたホタルを見ている。カイに抱かれているサクラには、ホタルは必要ないだろう。

ホタルは部屋を出るシキに続いて、サクラに背を向けた。

シキはホタルを待っていた。

その姿を見た途端、何故か急に泣きたくなった。

「頑張ったな」

シキの労いに首を振る。

何の役にも立っていない。何の役にも立たない。

それでも、涙は堪えた。

まだ、終わっていない。

これから、この人は魔獣を追ってここを発《た》つのだ。

「……頑張ったよ。ついでにもうひと頑張りしてくれ」

シキの腕がホタルの腕を取って歩き出す。

「はい」

ホタルは素直に頷いて、それに従った。


シキの支度を手伝いながら、ホタルは母を思い出していた。

思い出したくもない思い出ばかりの中で、唯一といって良い辛くない光景。

ホタルの母は、父を戦に送り出す支度に手を貸している。日頃は冷たい視線で父を嘲る母が、何故かその時だけは献身的な妻に見えた。

こうして戦いに赴こうとする男を目の前にすると、それがどんな男であっても。

それがどんな女であっても、その無事を祈らずにはいられないのだろうか。

シキが血に塗れた衣を脱ぐ。細かな傷がちりばめられた背中に、ホタルは新たに用意された衣をかけた。

今は濃紺のこれも、いずれ紅に濡れるのだろうか。

それが、どうか、この人自身の血でありませんように。

そう祈る。

シキの前に周り、生地を整える。

「ホタル……昼間は悪かった」

上から降ってくる声に、顔を上げた。

「冗談が過ぎた」

そう言うシキは、真面目な顔で見下ろしている。

そんな顔、しないで欲しい。

まるで、これが最期の別れのように思えてくる。

「いえ」

答えながら、背後に周り、広い肩にマントをかける。

そして、再び前に戻り、首元の紐《ひも》に手を伸ばした。

「頼みがあるんだが」

シキは変わらない真面目な顔で、ホタルに言う。

「はい」

素直に返事をして、マントの紐を結わいてから、手を下ろしてシキを見上げる。

「抱きしめたい」

ホタルは眉を寄せた。

意味は多分分かっている。しかし、その本意が分かりかねる。

ただ、シキの口調と表情がいつもと違うから、やみくもに拒否するのも躊躇われた。

「これで……最期かもしれないから、抱いておきたい」

それは……ホタルではなくても良いということだろうか。

慰める相手を求めるように。

今この時に、ただ、誰かを抱きしめたいということだろうか。

ホタルは迷った。そして。

「私でよろしければ……どうぞ」

結局、そう答えた。

シキの言うとおり、これで最期かもしれないから。

だから、だ。

シキの腕が肩を抱く。ぐっと引き寄せられて、ホタルは許したことを少し悔やんだ。

「やっぱり……細いな」

背中を手の平が撫でる。思いがけない強さで、腰が引き寄せられる。

想像以上の密着に、ホタルは身を強張らせた。

「細すぎる」

解いてある髪に顔を埋められて、首筋にかかる呼吸に肌がざわめいた。

「抱き心地の悪さは……我慢して下さい」

そして、ホタル自身にも我慢を強いる。

逃げたいのを抑えて。

背中に手を回したい、と一瞬過《よぎ》ったのを抑えて。

シキの腕に収まる。

「抱き心地は悪くないって言わなかったか？」

シキはしばらくの間、ホタルを抱いていた。

ホタルの耳には、シキの鼓動と息遣い。

そこに。

「ホタル」

名を呼ぶ声が混じる。

「キスしてもいい？」

そんな問いかけ。

「いやです」

即答すれば、小さな笑い声が頭上から届く。

「それは……」

ホタルはシキの胸に手を置き、そっと体を離した。

「無事にお戻りになってから、お好みの方となさって下さい」

それは、ホタルではない。

どんな女性かは知らない。知りたいとも思わない。

でも、ホタルではない。

「行ってらっしゃいませ」

ホタルは微笑んで、最上級の礼をしてみせる。

侍女として。

それ以外には、何もないけれど。

教えられた仕草に、素直にシキを心配する想いを乗せて。

「心よりご無事をお祈りしております」

シキはホタルを見つめていた。

何かを言いたいように唇が動く。

だが、何も声にならない。

だから、ホタルには聞こえない。

「……悪い……これだけ許してくれ」

シキは呟き不意に背を屈《かが》ませると、ホタルの頬に一瞬唇を触れた。

「行ってくる」

離れていく騎士の背を見送ることもなく、ホタルは立ち竦んでいた。

「……何、これ……」

少しして呟いた。

ハタハタと絶え間なく、涙が溢れて止まらなかった。

3

とても滞在できる状態ではないアルクリシュの屋敷から、ラジル邸に戻ってきたホタルの日々は一見平穏だった。

ホタルを心穏やかにさせてくれない人の命懸けの不在理由を考えれば、もちろん無事を祈らずにはいられない。サクラの不安げな様子を見れば、屋敷の主の早い帰還を望まずにはいられない。

しかし、罪悪感と背中合わせながらも、その人がいないことはホタルにとっては、いくらも物思いを減らしているのが事実だった。

そんな日々は二週間ほどだっただろうか。

終わりを予兆し始めた夏の花々を、どうしても寂しさを紛らわせないでいるサクラの慰めにと、庭師に腕いっぱいに切ってもらったホタルは、木々の合間にいるその存在に気がついて足を止めた。

「タオ？」

名を呼ぶ。

真っ白な、とても美しい魔獣は庭の片隅から上を見上げている。

「どうしたの？」

尋ねながらその穏やかな目線を追えば、サクラの部屋に行き着いた。

この子は、いつもサクラの傍らにいた。

破魔の剣が、サクラの内にない間は。

軍神がサクラの側にいない間だけ。

ああ、そうなのか。

ホタルは気がついた。
剣が戻ったのだ。サクラの内に。
この度の魔獣狩りは、一応の決着がついたのだろう。
だから。
「もうサクラ様の側にはいられないのね」
カイもまもなく戻るだろう。
サクラの元に。
シキも、戻るのだろうか。
誰の元に？
浮かぶ思いは、心の片隅に押しやって。
ホタルはしゃがみ込んで、タオに視線を合わせると慰めるように微笑んだ。
「また、来る？」
ホタルに負けないくらいサクラを大好きな獣。
また、来るとしたら。
それは、再び剣がサクラの元から、カイの手へと渡る時。
サクラには辛い日々。
そんな時にしか側にいられないタオに、ホタルは心から同情した。

この白い獣の切なさに比べれば、ホタルの状況はいくらも悪くないと思える。

「……暇だったら……私にも会いにきてね。いくらでも、サクラ様の様子を教えてあげる」

そう言って耳の後ろを指先で撫でてやれば、タオはホタルの鼻先にちょこんと濡れた鼻を触れた。

そして、ふわりと舞い上がるように駆け出す。

今のは、同志の挨拶？

ホタルはクスリと小さな笑いを零す。

「元気でね。怪我なんてしないでね」

聞こえるか分からないけれど、そう呟いた。

ホタルはいつだって、こうして送り出す側だ。

そうしかできない者の務めとして、戻った時には笑顔で迎えよう。

「さて、と。いつお戻りになるのかしら」

サクラ様の想い人と、その側近は。

きっと、寄り道なんてしないで、まっすぐに戻ってくるだろうから。

戦いに疲れた軍神は、すぐにもサクラの元で癒《いや》されたいはず。

花束を抱え直して、ホタルは屋敷へと向かう。

カイが戻る。

シキが戻る。

平穏な日々の終わりかもしれない。

それでも、ホタルの心には一欠片《かけら》の不満もなかった。


そして、竜が舞い降りる。

降り立った軍神を、サクラは優雅な礼で迎え入れる。それに倣うように頭を下げながら、ホタルはそっとサクラを見やった。

剣が戻ってからのサクラは、どうしてか不安げだった。明るい態度を表面に乗せてはいたが、ふとした時に表情が沈み込む。

どうしてだろう。

カイ様がお戻りになるのに。

今度こそ、サクラ様の想いは成就するだろうに。

なのに、どうして、こんなに不安な顔をなさるのだろう。

今もそう。

カイはサクラを求める気持ちを抑えきれないように口づけを一つ与えて屋敷へと戻っていく。

家人達が驚きと、だが、明らかな好意でそれを受け入れて動き出す中、サクラだけが――サクラの不安を感じ取っているホタルだけが、動きを止めて戸惑っている。

「意外に大人しいな」

竜を降りて初めて聞こえた声は、いつものとおりのんびりとしたものだった。

サクラの緊張は、張りつめたまま。

ホタルの緊張は、スルリと落ちて。

「てっきり、このまま寝室に直行かと……」

続く、いつもの軽口に。

「シキ様……やめてあげて下さい」

遮る余裕も出てくる。

シキは軽く肩を竦めて、言葉を止めた。

そして、これも以前と何も変わらない柔らかな、そして少し悪戯《いたずら》めいた笑みを、ホタルにくれる。

それが、安堵をもたらしたなどとは認めたくない。認めたくないけれど、では、この胸に広がるものを何と呼べば良いのだろうか。

シキとタキが立ち去り、サクラとホタルが残される。

サクラは、途方にくれたようにその場に立ち尽くしている。

なんと声をかけるべきか。

多分、サクラの中には、ホタルには分からないたくさんの不安が溢れているのだろう。

カイが戻った以上。

そして、今のカイの態度からしてみてもカイがサクラを欲していることは明らかだ。

いつかシキが言ったように、逃げ場はないように思える。そもそも、逃げる理由もないだろう。

サクラ様は、カイ様をお好きなのだから。

そして、カイ様も。

だから、結ばれるのは当たり前。

それでも。

もし、このまま、ここにいたら？

そうしたら、もしかして以前のように、無邪気に笑うだけの二人に戻れる？

そんな、ありえない馬鹿みたいな考えを振り払い、ホタルは心がけて、明るい声を出した。

「サクラ様、部屋に帰りませんか？」

サクラは聞こえているのかいないのか。

ただ、物憂げに宙を見ている。

ホタルはサクラの手を引いて、歩き出した。

ホタルにとっても、それはとても覚悟のいる一歩だった。


ホタルは誰もいない庭の隅にいた。

自分でも呆《あき》れるのだが。

辛いことや、哀しいことがあった時。

誰とも顔を合わせたくない時。

そんな時の逃げ場所はいつも隅っこだ。

庭の隅だったり。お屋敷の隅の部屋の、そのまた隅だったり。

とにかく隅っこ。

そして、耳を塞いで、目を閉じて。

何かを待つ。

それはホタルの感情の嵐が遠ざかることだったり、聞こえそうな喧騒《けんそう》が止むことだったり。

様々。

今夜は。

ただ、時が過ぎるのを待てば良い。

それだけ。

今夜、サクラ様はカイ様に召されるだろう。

その夜に、ホタルはマアサに全てを任せて、サクラから離れていることを選んだ。

ホタルでは、ダメだ。

もし、サクラが少しでも望まない素振りを見せれば、あの不安げな表情を見せれば、それに同調してしまうだろう。宥めて、カイの元へと背中を押すことなんてできないから。

離れたところで、こうしてサクラを案じている。

案じながら……ただ。

ほんの少し。

寂しさが増してしまう。

小さな嫉妬にも似た感情が湧き上がる。

仕方がない。

だって。

ホタルにはサクラだけだから。

だから、この感情を完全に消し去ることなんて無理。

ホタルは一本の大木の下にしゃがみ込んだ。春になると華やかなピンクに染まる樹木は、今は青々とした葉を繁《しげ》らせている。

幹に額を当てる。

その内を流れる音に集中する。

何も聞かない。

何も考えない。

言い聞かす。

だけど。

こうしていると。

ホタルが泣きたい気分でしゃがみ込んでいると。

最近は必ず現れて、頼んでもいないのに相手をしてくれる方がいたことを思い出した。

でも、今夜は現れないだろう。

カイがサクラを求めるように。

あの方も、たとえそれがかりそめであっても、一時の温もりと癒しを求めているはずだ。

浮かぶ考えを振り払う。

ホタルを癒す樹木の内を流れる水と、僅かに吹く風の音だけに、集中しようとするのに。

寂しさに負けて力が暴走しそうになる。
必死に耳を閉ざす。
何も聞かない。
聞いてはいけない。
サクラ様の声も。
あの人の声も。
何も。
「誰かいるのか？」
ホタルは息をのんだ。
聞くまいとしていたはずの声。
力が暴走して、声を探ったのかと疑う。
だが、振り返れば、現実にシキはそこに立っていた。
「……ここにいたのか」
何かにほっとしたような声だった。
ほっとしたのはホタルの方こそなのに。
「大丈夫か？」
しゃがみ込むホタルの前に跪き、尋ねてくる顔は真剣だ。

「……何がですか？」

素直な問いだった。

なのに、シキの眉間に皺《しわ》が寄る。

「まったく、この子は……」

言うなり抱き寄せられた。

「……っシキ様」

驚いて身を引こうとするのを、力で押さえつけられる。

力では絶対敵《かな》わない。そんなのは、承知している。それでも、もがくホタルをシキの一言が大人しくさせた。

「泣いてしまえ」

そんなこと。

できるはずない。

どうして、泣くことがあるだろうか。

「泣きません」

答える。

しかし、抱きしめる体を自ら遠ざけるには、あまりにそこは心地よい。

「泣けば良い」

そう言って、促すように。

抱く力が強まる。

「……どうしてですか？」

サクラ様は幸せなのに。

それは私をも幸せに導くはずなのに。

「寂しいんだろう」

寂しくなんて。

強がるには、この状況は優しすぎる。いつかは、慰め合うことを拒んだ。だけど、今のシキの慰めを拒むことなんて。

「泣いてしまえ」

背中を撫でる手の平から、逃げ出すなんて無理だ。

それでも、涙を堪える。

「……奥方には内緒にしておく」

その言い方が少しおかしくて、笑おうとしたけれど。

突然、涙が溢れ出た。

「……サクラ様には内緒にして下さるのですか？」

言って、シキの胸元に顔を埋めた。

泣いて良い、とは言ってくれていても。

泣き顔を晒すことは、躊躇われた。

「内緒にしておくよ」

ホタルの心を見透かすようにシキは、隠した顔を胸にしまい込んで腕に包んだ。ホタルは諦めて、サクラと離れ離れになることを自らに許した。

別に、サクラと離れ離れになる訳でもないのに。

なのに、寂しくて。

遠くに行ってしまう訳ではないのに。

それでも、手が届かない気がする。

痛くて痛くて……どこもかしこも痛くて、どうしようもない。

「……君の奥方への想いは……まるで恋だな」

揶揄《やゆ》する響きを持たないそれに、素直に頷く。

そうなのかもしれない。

恋なんて感情は知らないけれど。

きっと、そうなのだ。

だって。

「サクラ様は特別なんです」

ぽつり、と呟いていた。

「うん」

慰めの抱擁の中、シキが頷く。止められない涙を、受け入れてくれるそこに落としながら、ホタルは続けた。

「私、サクラ様がいなかったらどうなってたんだろう」

シキに話そうとしているのか。

それとも独白？

こんな話……誰にもしたことはない。

先を促すように、シキの手の平がホタルの背を柔らかく叩く。

「サクラ様がいなかったら……私……」

サクラと出会った日のことを。

初めてオードル家を訪れた日のことを。

ホタルははっきりと覚えている。

あの日は、ホタルが生まれ変わった日だから。

両親を相次いで亡くしたホタルは、それまで一度として会ったことのない父方の祖父に引き取られることになった。父の部下だという男に連れられて、オードル家の裏門を潜ったのは六つの時。

立派なお屋敷に気後れするほどの気力もなかった。広がる庭の美しさも目に入らなかった。自ら動くことができるだけで、あとは何も感じられない少女は、照りつける真夏の日差しの中、黙々と庭の手入れをしている男の元へと連れて行かれた。

それが祖父だった。

父の父だから、当然のように初老の年齢に達していた。

だが、労働で鍛えられた体はたるみを感じさせず、よく日焼けした肌の色艶も見事だった。

もっとも、その時のホタルには、それらも認識できていなかった。

だが。

『……ホタルか？』

祖父の最初の言葉はそれだった。

その声を聞いた途端、ホタルの体は凍りついた。誰もが汗ばむ暑い季節にも関わらず、足が震えて立てなくなり、その場にしゃがみ込んだ。

祖父の声は、そっくりだったのだ。

あの男に。

ホタルに無情なまでに、声を聞くことを求めた男——世間では父と呼ばれるその存在。

もう、いないはずなのに。
なのに。
今まで、閉ざしていた耳が一気に爆発した。
ありとあらゆる声が、知らない言語が、洪水のようにホタルの頭の中に流れ込む。
ホタルは耳を塞いで聞くまいとするのに。
止まない。
それは、止まらない。
助けて！
誰か助けて！
ホタルは心で叫んだ。
今まで誰かが助けてくれたことなどないのに。
いつだって、自分自身で抑え込むしかなかったのに。
なのに、その時。
『ホタル』
いきなり、耳元で聞いたことのない声がした。
幼い少女の声だった。
『ホタル？』

必死に顔を上げると、驚くほど間近に同い年くらいの少女がいた。
『……大丈夫』
彼女はにっこりと笑った。
そして、ホタルの手の平の上に、自分の小さな手の平を重ねた。
『聞こえない……何も聞こえないから、もう大丈夫』
ホタルが遠耳であることを知っているのか。
少女はそう言って、しばらくの間、ホタルの耳を塞ぎ続けてくれた。
すると、本当に止んだのだ。
声という声。音という音。
それらが全て消えた。
ホタルが驚いたように少女を見やると。
『ね？』
と彼女は微笑んだ。
そして、立ち上がり呆然と成り行きを見ている男に笑いかけた。
『ジン！』
ホタルと同じくらい小さな体で、大きな祖父を呼ぶ。
祖父は微笑みを返しながら、ホタルと彼女に近づいた。

『ホタル？』

今度の声は、父とはまったく違って聞こえた。

とても穏やかで、優しい声だった。

何故、父と間違えたかと思うほど。

ホタルは頷いた。

すると、祖父はホタルを軽々と片手で抱き上げた。思えば、あれは生まれて初めての
——ただ、むずかる子供をあやすための、優しさに溢れた抱擁だった。

『ここで、私と暮らすことになるんだよ。大丈夫かな？』

ホタルは、もう一度頷いた。

父と少しだけ似た面立ちの祖父は、それでも、もうホタルにどんな不安も与えなかった。

『ありがたいことに、サクラお嬢さまのお相手をさせてもらえるそうだ』

言いながらジンは、もう片方の腕に、求めて手を伸ばす少女を抱いた。

『サクラよ。よろしくね、ホタル』

祖父の腕の中で。

サクラは笑顔に溢れていて。

ホタルは頷いた。

『ホタルです……サクラ様』


あれから。

あの時から、ホタルにとってサクラは絶対になった。

「あの日から……サクラ様は特別なんです」

シキは何も言わない。

ただ、ホタルを抱きしめたまま。

ただ、ホタルの背を宥めてくれていた。

いつの間にか、ホタルの涙は止まっていた。

だから、ホタルは、そっとシキの胸元から顔を上げた。これ以上は甘えていられない。

「明日から、また、笑ってお仕えするんだろう？」

シキの手の平が、ホタルの頬に残る涙の跡を拭う。

「はい」

答えて、ホタルはシキから離れた。

そして、見下ろしてくる視線に、大丈夫だと微笑んでみせた。

「ありがとうございます」

シキの腕は、ホタルを追いかけてはこなかった。

「もう大丈夫です」

シキに告げながら、自分自身に言い聞かせる。

大丈夫。

こんなに泣いてしまったのだから、しばらくは涙なんて出ない。

だから、サクラ様にも笑ってお仕えできる。

だから、シキ様にも微笑んでお礼が言える。

「おやすみなさいませ」

シキは頷いた。

「ああ」

一瞬だけ、ホタルの頬にもう一度シキの手の平が触れる。

何か言いたげにも見えるシキだったが、結局出た言葉は「おやすみ」の一言だった。

先日の出征の時といい、何か言葉を飲み込むことが多くなった気がする。

この饒舌な騎士が？

まさか。

ホタルは自分の考えに心で失笑し、一礼をしてシキに背を向けた。

屋敷に戻るホタルの耳にシキの呟きが届く。

「……強敵過ぎる」

意味は分からなかった。


明日からまた笑顔でお仕えしよう、と心に決めたのに。

泣いたおかげで、ひどくすっきりした気分なのに。

「お仕えできないじゃないですか！」

今朝、サクラの寝室に向かおうとしたら、マアサに止められた。苦笑いを零しながら、今日はサクラの部屋に近づかない方が良いと言われて。

持って行き場のない気持ちを、はっきりこれが八つ当たりだと分かっていても、たまたまなのかタイミング良く現れた目の前の方にぶつけるしかない。出会い頭に、朝の挨拶もそこそこに訴えられたにも関わらず、シキは穏やかな笑みを浮かべながら、ホタルの怒りを受け止めた。

「まあまあ……その様子だと暇だろう？　私も暇なんだ。こっちおいで」

連れて行かれたのは厨房《ちゅうぼう》横にある小さな小部屋。

料理長のレンが、軽やかに挨拶をして、シキにお茶を渡した。

「邪魔するな、と、それはそれは厳しく命じられていてね」

誰に、と問うまでもない。

むうっと膨れる怒りは収まらない。

「あのね、ホタル」

シキが指さすまま、椅子の一つに腰掛けた。

「いつからその気だったのかは知らないけどね。アイリに取り上げられる、魔獣狩りにかりだされる、ではカイ様もさすがに限界だろう？」

という言葉は容赦なくあからさま。

だが、動作は子供をあやすかのように。

手の平に焼き菓子を乗せてくれる。

こんなものじゃ誤魔化されない。

思いつつ、手に乗せてもらったものは礼を述べて頂戴する。

「ようやく手に入れたとなれば……寝室に籠りたくもなるだろう？」

どうして、こういうもの言いをするのか。

反論する気が萎えて、代わりにそれが意味することに顔が熱くなる。

「まあ、せいぜい三日だと思うよ。それ以上は多分タキが音を上げるだろうから」

ホタルはため息をついた。

三日も？

新婚さんって……そういうもの？

その間、ホタルは何をすれば良いのか。

「それとも……アイリみたいに、突入してみる？」

面白そうにシキは言うが、とんでもない。そんなこと、できるはずがない。

ホタルはぶんぶんと首を振った。

「賢明だ」

ポンポンとホタルの頭を軽くはたき、シキが今度はカップを手渡してくれる。

ここでシキと呑気にお茶をしている状況。

これはいったい何なのか。

「シキ様、お疲れでは？」

頂いたお茶に口をつけて、ホタルはぼそりと尋ねた。

カイが狩りから帰って、サクラの元で癒しているならば、シキだってそうしたいところだろう。

どなたか。

癒してくれる人の元で、ゆっくりとしたいだろうに。

昨夜は、ホタルの相手をさせてしまった訳だし、暇だという今も、ホタルを慰めている。

「お休みになられた方が……」

どこかで。

どなたかと。

何故か、さらに気分が沈んだ気がする。

だが、本当にそうした方が良いと思っているから。

「一人にしたくないな」

それは？

ホタルは眺めていたお茶から目線を上げた。

思いがけなく、真面目な顔をした騎士に当たる。

「君を、だよ」

ホタルは俯いて、もう一度お茶に口をつけた。

「どこかでこっそり泣いているんじゃないかと思うと落ち着かない」

いったい、どんなつもりで、こんなことを言うのだろうか。

ただの同じお屋敷にお仕えする者としての、気遣いだと思えば良いのだろうか。

「君を放っておけない」

ドクンと心臓が波打った。

苦手だ。

この方は苦手だ。

この言葉には、どれほど意味があるのか。

分からない。

聞こえるもの全てを真実だと思って良いはずがない。言葉をたくさん紡ぐ方は、どれが本当なのか分からない。

分からないから……とても苦手だ。

久しく感じていなかったものが、急激に膨れ上がる。

いたたまれない。

「もう大丈夫です」

お茶をテーブルに戻した。

「……どうだろうね」

もう一度大丈夫だと告げるために顔を上げたのに。

ぶつかる瞳に負けて、すぐに俯く。

「マアサさんに仕事を頂いて、キリキリ働きます」

ホタルは勢いよく立ち上がった。

ひとまず逃げよう。

それしかない。

「頑張っておいで」

シキがヒラヒラと手を振る。

ホタルは一礼して部屋を出た。
苦手。とても苦手。
違う。
もはや、苦手を通り越して。
怖い。
あの方が怖い。
多分、それが一番相応しい。

第三章

1

今年はどうやら、例年よりも寒さが厳しそうだ。

吹く風の冷たさが事前の冬支度では少々心もとない、と気がついたホタルはさらなる調度品を整えようと屋敷の片隅にある小部屋を訪れた。

いわゆる物置だ。

しかしながら、そこは大国の皇子のおわす場所というだけのことはあって、しまい込むには惜しい一級品が整然と並べられている。ここにあるものは自由にして良いとマアサから許しを得ているホタルは、何度か訪れては、その時の気候やサクラの気分に合わせた調度品を調達していた。

ホタルの主は、物欲というものがあまりない。

ドレスや装飾品のような身を飾るものから、部屋の様式や調度品に至るまで。

細かい要求をすることは、まずない。

そうは言っても好みがない訳ではないことを、長年仕えてきて心得ている。

濃い色彩よりは、淡いものを。

硬さを感じさせるものよりも、柔らかなものを。

身につけていて、側においていて、サクラが穏やかに過ごせるものを。

そんな風に思いながら、ホタルはいつも選ぶのだ。

今回の目的は、サクラの好みそうな暖色系の毛足の長いラグ、起毛のひざ掛け……それから、と必要なものを頭の中に箇条書きにしながら、一応ノックをしてから物置に入る。

ラグはあの辺にあったはず、と部屋の奥へと向かいかけ、しかしながら、頭に箇条書きにした物品リストは一瞬にして白紙に戻ってしまった。

溢れる物に埋もれるようにして部屋の隅に置かれているソファに、シキが横たわっていた。

すぐに回れ右をして扉に向かったのは、一人ではないように見えたからだ。

華やかな布地が、シキに覆いかぶさって。

誰かと一緒？

そう見えた。

嫌な場面に出くわした。

体の中の血液が急に存在を誇示して、ホタルの中を駆け巡る。

早くここから立ち去ろう。

それしか、思いつかない。

「ホタル？」

だが、扉に手をかけたところで、背後から聞き慣れたのんびりとした声がかかった。

このまま立ち去ってしまう？

それはあまりに無礼だろう。

深呼吸を一つしてから、振り返った。

ホタルの視界にはシキ。

一人でソファに座っている。

その膝には、ショール。女性ものの、華やかな色彩が目を引く、大判のものだ。

シキは、たまたまここにあったのだろうショールを上掛け代わりに、ソファに横になっていたようだ。

その華やかな色彩が、ホタルに幻覚を抱かせたのか。

かっと頬が熱くなる。

なんて勘違いをしたのか。

間抜けだし、いくらシキの噂の数々を耳にしているからとはいえ、さすがに失礼かもしれない。

ここのところのこの側近の忙しさは、漏れ聞いている。

僅かな合間をぬって、ここで休息を取っていたのだろうに。

「申し訳ありません」

何を詫びているのかよく分からないまま、頭を下げて部屋を出ようとする。

しかし、それをシキが止めた。

「ホタル、仕事だろう？」

そうだが、差し迫っている訳ではない。

迷うホタルに、シキは「私はさぼっているだけだから、気にせずやってくれ」と言って、乱れた髪を指で乱暴に梳《す》いた。

口調は柔らかく、表情も普段とあまり変わりなく見える。

だが、見慣れない荒っぽい所作が、その心身の疲れを隠しきれずにいるように思えて。

「大丈夫ですか？」

いつもは彼からかけられる言葉が、つい口から零れた。

貴公子は一瞬動きを止めて、そして、いつもどおりに見える微笑みをくれる。

「大丈夫だよ」

ホタルよりよほど大人で、よほど修羅場を潜ってきているのであろう男に、それ以上を尋ねる気はない。

ホタルは「では、少しお騒がせいたしますが……」と、なくしてしまった物品リストを再度頭に描きながら、見合ったものを探し始めた。

「……ホタル」

目的のラグを見つけたところで呼ばれる。

ホタルは手を止めて、シキの前に戻った。

「はい」

座るシキの前に立ち、見上げてくる男という珍しい構図の、その顔立ちの端整さに思わず見入る。

「ホタル」

再び名を呼ばれて、己の無礼な行為に気がつき、慌てて膝をついた。

いけない。

「……いや、別に見下ろしてもらって構わないが……」

シキはそう言うが、ホタルはもう一度言い聞かせた。

いけない。

「いえ、申し訳ありません」

馴染んでしまっては。

気を緩ませては。

この方は、親しげに話しかけて下さるが身分が違う。

それは、シキに感じる苦手意識が脅威に変わった時に、ホタルが彼と一線を引くために見つけた最も己が納得する理由だった。

「ホタル、ケイカが見つかったようだ」

シキがホタルの態度をどう思ったかは、その声からは推し量ることはできなかった。

その声音は、何一つ今までと変わらないように親しげで柔らかい。

ホタルは俯いていた顔を上げた。

「迎えに行きたいが……どういう訳かここのところ、魔獣がえらく騒がしい」

シキは笑みに苦いものを含ませて、ため息に近い呼吸を一つ。

確かに、シキの忙しさは尋常ではないようだ。ここに来たばかりの頃は、カイやタキと執務室にいることも少なくなかったが、最近は屋敷内にいることの方が少ないのではないかと思われた。

「せっかく君が見つけてくれたのにな」

ホタルは、シキの言葉に首を振りながらも、自分の力がこんな風に人の役に立つことが嬉しかった。

「母も随分と落ち着いてきていて……ケイカの今の状況を認め始めている」

ホタルはシキによく似た面立ちの夫人を思い浮かべた。

壊れてしまった者特有の笑みを浮かべていたあの女性が、穏やかな母の笑みで娘を迎え入れる瞬間が来たとしたら。

それを、シキやタキや、その父である公爵が幸せで心を満たしながら見守ることができたなら。

それは、きっとホタルの救いになる。

嫌いな力だけれど、こんな風に誰かを幸せにするために使えるならば、と。

「もし……少しでもお役に立てたなら」

「少しじゃない。すごく、だよ」

シキの言葉に笑みが零れた。

「何か礼がしたいが」

ホタルはとんでもないと首を振った。

こんな力が、役に立つと知ったそれだけで十分だ。

「奥方といい、君といい欲がないな」

ホタルの引っ張り出してきたラグを眺めながら、シキが呟いた。

「カイ様も苦労なさる訳だ」

「そうでしょうか？　サクラ様が欲しいのは……」

カイ様だけです。

そう、言いかけてホタルは止めた。

シキの言動を思うと、妙な方に流れそうな言葉だったから。

「サクラ様が欲しいのは……カイ様だけ？」

だが、シキがそれを続ける。

やっぱり。

なんだか。

その声音は微妙。

しかし、シキはそれを追求しはしなかった。

代わりに「だから、カイ様をサクラ様から引き離す、なんてのはなしな」と続けて、ホタルに首を傾げさせる。

「君への礼……君が求めるなら、可能な限り応えるけどね」

ホタルはぱちくりと目を見開いた。

そして、シキの言う意味が分かって、微笑んだ。

「そんなことお願いしません」

以前ほど、あの二人のお姿に心が騒ぐことはない。

こうやって、慣れるものなのだ。

時間が解決することは、世の中になんて多いのか。

「無期限だから……何か欲しいものができたら言いにおいで」

シキの話はこれで一段落のようだ。

「はい」

ホタルは頷いて、頭を下げると立ち上がった。

作業を続けようと思ったのだが、すぐにシキに呼ばれて手を止める。

「それ、どれくらいかかる？」

問いかけに再び跪こうとすれば、それを手で止められる。

その場に立ったまま。

「三十分くらいだと思います……やはりお邪魔ですか？」

そう尋ねれば、シキは首を振った。

「いや、音には鈍いから眠れる」

違うだろう。

鈍いのではない。今、この場所が平和だと、神経が感じ取っているから眠れるのだろう。少しでも不穏な気配を察すれば、それが無音であっても騎士は目を覚ますに違いない。

「終わったら起こしてくれ」

シキは、先ほどと同じようにショールを上掛け代わりにして、ソファに横たわった。

「承知いたしました」

疲れを隠しきれない瞼《まぶた》に瞳が覆われたのを見届けて、ホタルは時計を見た。

三十分。

時間を確認してから、なるべく静かにと気をつけながら作業に取りかかる。

ふと耳を傾ければ、シキの穏やかな呼吸が届いて、彼が本当に眠りに就いていることを教えてくれた。

何故か、ひどく満たされた気分で、ホタルはそっと笑みを零した。


名を呼ばれ、シキは瞼を上げた。

「シキ様」

目の前にホタルがいる。

一瞬、夢を見ているのかと思った。

夢ならば、引き寄せて口づけるところだが。

「三十分経ちました」

それが、現実を思い起こさせた。

そうだ、ここで仮眠をとっていたのだ。

シキは体を起こした。

思いがけず、熟睡してしまったようだ。

「私、失礼いたします」

立ち上がるホタルに視線を合わせながら、ちらりと備えられた時計を見れば、目を閉じる寸前に確認した時間から、きっかり三十分後を示している。

「こちらにお茶をご用意しておきましたので、よろしければどうぞ」

それはつまり、少なくともホタルの仕事は既に終わっていて。

シキが言った三十分に合わせてお茶を準備してから、声をかけたと。

そういうことだろう。

「ありがとう」

この気遣いがシキを癒す。

だが、もっと違う癒しを欲している。

心も体も。

「いえ……失礼します」

ホタルは立ち上がって、一礼した。

やはり、この娘が欲しい。

どんな理由があろうと、手を引くことなどできない。

シキの言葉の一つ一つに、戸惑っている。

シキとの距離を一定に保とうとしている。

気がつきながら、言葉は止まらない。想いは消《き》え失《う》せない。

この娘が、どうしても欲しい。

今この時も。

立ち去ろうとする腕を捕らえて、このソファに横たわらせて。

いつか見た白い肌で、この疲れと……独特の飢えを癒したい。

そんな欲望をなんとか抑えて、シキはホタルを笑顔で見送った。

2

冬も終わり近く、ラジル邸では大きな変化が起ころうとしていた。

事の始まりは、侍女の一人であるカノンがお勤めを辞めたいと申し出たことだった。

お腹《なか》の中に子供がいます、と恥ずかしげながら嬉しそうに告げた彼女は、続けて表情を引き締めると。

「この歳で三人目ですよ？　働きながら育てるなんて、絶対無理です」

きっぱり言い切った。

確かに、カノンの年齢での出産は、いくら三人目とは言っても体への負担は大きいのだろう。

しかしながら、この屋敷には五人の子供を持ちながら働き続けているマアサがいる。

なんとかならないものかと尋ねるマアサに、カノンは残念そうに首を振った。

「あまり体調が良くないんです。お医者様にもお勤めは辞めた方が良いと勧められて……そうしたら、主人が心配してしまって」

そう言われてしまえば、マアサも何も言えない。

そもそも、彼女が侍女としてここで働いていることは、決して生活に困窮しているというような切迫した理由のためではない。彼女の夫は、この屋敷にも出入りしている腕のいい家具職人だ。何人かの弟子を抱えるほどで、暮らし向きはどちらかといえば上流に入る。

ただ、少女の時にマアサの下で侍女として勤め始めて以来、ずっと共に働き、夫ともこの屋敷で出会い、結ばれたという縁から、また、元来が働き者のカノンだから、特に辞めるという選択肢を選ばないまま今まで働き続けてきたのだ。

体の無理をおしてまで働き続ける理由はどこにもない。

はっきりとした性格の彼女が、潔く決断したことを翻意させるのは困難と、マアサを始めとする屋敷の者達は早々に諦めた。

諦めたは良いが、さて次の侍女をどうするか。

ここの主は、屋敷内に余分な者を置くことを良しとしない。故に、屋敷内の者は、自らの仕事を責任を持って粛々とこなすことを常に求められる訳だが、言いかえれば、一人欠けるとなるとその穴を埋める余裕のある者はいないのだ。

早々に新しい侍女を探さなければならないだろう。

だが、なかなかにこれが難しい。

身元のはっきりした者。器量は二の次で良い。とにかく働き者で性格の良い者。

それから、つまらぬ噂に左右されぬ者。つまらぬ噂を立てぬ者。

これが重要だ。

ここに攫われるように連れてこられた主の妃は、最近でこそゆるぎない寵愛《ちょうあい》を受けて、世間に正妃と認知されつつあるものの、それでも心ない噂は完全に消えた訳ではない。

耳に入るそれらに浮足立つような者は絶対に屋敷内に入れてはならない。

「ホタルのような者がいれば良いのですが……」

というタキの呟きは、屋敷内の者全ての願いだ。

そんな悩みに頭を抱えているマアサのところに、またまた厄介なニュースが飛び込んできた。

今度は料理人のレンが怪我をした、というのだ。

「いい歳をして何をしているの？　ニキに頼めば良かったでしょう」

庭師に抱えられるようにして厨房に戻ってきた夫を見て、呆れたため息を零す妻。それを冷たい対応と、誰が責められるだろう。

レンは庭の木になった果実を取ろうと台に乗り、足を踏み外して腰をしこたま打ち付けたのだという。

でっぷりと太ったレンには、少々無理が伴う行動だったのは否めない。

身軽でそういったことが得意な庭師に頼めと言う、マアサの意見はもっともだ。

「マアサ、あまりレンを責めないでね」

レンが怪我をしたと聞いて厨房に現れたサクラが、夫の前で腰に手を当ててお小言を漏らすマアサにそう願う。

「承知しておりますわ、サクラ様」

マアサとて、分かっている。

怪我を気遣い、身分を顧みずにサクラが厨房へ駆けつけるほど、レンを慕ってくれているように、マアサとレンにとっても、恐れながらこの正妃は娘のように愛《いと》しい存在だ。

突如として現れた謎の方ではあったが、その優しさや穏やかさはすぐにも知れた。

だから、このお屋敷に馴染むように随分と心を砕き、軍神と呼ばれ、張りつめた日々を送る主の救いになれば良いと願ったものだ。

今やその願いは叶《かな》った。

娘は主の愛情を一身に受け、主は彼女の存在に満たされている。それにより、屋敷内の全ての者に温かなものがもたらされている。欲がなく、あまり多くを望まない妃のために、だからこそ何かできることはないかと、誰もが常に思いを巡らせているのだ。

庭にある木に今年一番の実がなった時、これが正妃の好物だと知っている料理人が、それを焼き菓子にして差し上げたい、と思うのは極々当たり前のことなのだろう。

果実は手に入れたものの厨房には立てず、色付いて芳香を放つ実を焼き菓子にはできないと、しょんぼりする料理人を、やたらと責めるのも可哀想《かわいそう》と言えば可哀想だ。

しかしながら、それとは別に大きな問題がマアサのため息を大きくする。

なんとか立つのがやっとという夫に、厨房で忙しく動くことを求めるのは当面無理そうだ。

つまりは、別の料理人が必要なのだ。

そんな訳で、ラジル邸は二人の古参の使用人を失い、否応《いやおう》なく新しい使用人を雇わざるを得ない状況となったのだった。

サクラに呼ばれて部屋を訪れると、そこはいつになく人が溢れていた。

ホタルはぎょっとして、一瞬戸口で足を止める。

「ホタル」

部屋の奥にいるサクラの手招きに、間に立つマアサと知らない二人の横を会釈しながら通り過ぎて、歩み寄った。

サクラは、春を迎えて夏に向かう季節に相応しいようにと衣替えをしたばかりのソファに座っている。

オードル領に比べて厳しいと聞いていたここの冬の寒さを少しでも和らげてくれるようにと、深い緑を基調とした生地で包み込んでいたソファを、ホタルは新緑の初々しい黄緑へと変化させた。

サクラのドレスは肌を晒さないいつつましいデザインながらも、涼やかなピンク。

重厚な調度品が設《しつら》えてある女主の部屋はともすれば重々しく息苦しいほどだが、しかし、柔らかな色彩がそこに一陣のそよ風を吹かせるようだ。

いや違う。

ホタルは分かっている。

本当はソファなど、ドレスなど、何色でも良いのだ。

この部屋の空気の柔らかさは、サクラ自身によるものだ。

残念ながら、今日は少しばかり肌寒さを感じるような曇り空。けれども、サクラの周りは、いつだって春の日が差し込んでいるかのように暖かい。

女性というのは、誰でも愛されるとこんなに美しく変貌するのだろうか。

私でも？

それはどこか羨望めいた疑問。

ホタルには起こりえないことと思い知りながら、なのに湧き上がる。

以前にはなかった思いに戸惑いながら、サクラの傍らに立った。

「新しい侍女と料理人ですって」

それがこの部屋にいる見知らぬ二人のことであることはもちろん分かった。

頷きを返しながら、今日から一緒に働くことになる二人を見る。

料理人というよりは、衛兵といった感のあるがっしりとした男。

それから、すらりと背の高い美しい娘。

どちらも緊張した面持ちで、少々所在なげに立っている。

「……まもなくカイ様がお戻りになると思うのだけど」

サクラの呟きは、特にホタルに話しかけているという訳ではなさそうだった。

しかし、ホタルはほとんど反射的に耳を澄ました。

今日は登城の日だったから。

窓から差し込むのは、既に夕方を示す赤を帯びた光。

とうに城は出ているだろう。少し早めに、あちらを出発していれば、既に近くにいるに違いない。

寡黙なサクラの想い人の声を探すことは難しいかもしれないが、共に出かけた饒舌な側近の声ならば。

少しだけ、聞く範囲を広げれば、すぐ近くにシキの声を見つけ、続けてそれに短く答えるカイの声が届く。

さほど待つことなく、望む方はお戻りになるだろう。

だが、それをサクラに告げるより先に、扉をノックする音がしてタキが現れた。

「カイ様がお戻りですよ。すぐこちらにいらっしゃいます」

タキは言うと、そのまま部屋の奥へと入り、ホタルが立つ反対側のソファの傍らに立った。

「……やはり、先に別室でカイ様にご紹介した方が良くありませんか？」

サクラがタキに問う。

ホタルのラジル邸初日は、早々にサクラに会わせてもらえた。

だが、それはホタルがサクラの幼《おさな》馴染《じみ》だという事情と、カイの特別の計らいで実現したことのようだ。

一般的には広間で主に面を通すのが先だろう。

まして、妃の私室で主に紹介するなど、あまり聞いたことがない。

しかし、心配げなサクラに、マアサが答えた。

「サクラ様とご一緒の時の方がよろしいかと。特にマツリの方はカイ様にお会いするのは初めてですし……」

サクラは、言葉の意味がよく分からないというように首を傾げた。

でも、ホタルにはマアサの思うところが理解できる気がする。

漆黒の軍神と呼ばれるこの家の主のことを、この二人はどれだけ知っているだろうか。

戦における非情さは、幾度と耳にしただろう。

伝説の一部に。

まるで神話のように。

皇帝の慈悲深さと、対を成すように囁かれる皇弟の人となりは、時には、冷酷さや残忍さを伴っている。

カイが軍神として存在する以上、それらは彼の一部として存在するには違いない。

しかし、ここは戦場ではないから。

敵も、魔獣も、ここにはいないから。

「漆黒の軍神が、この屋敷でどれだけ寛《くつろ》いでいらっしゃるか、知っておいてもらった方が良いと思います」

タキが、ホタルが思ったことを、上手にサクラに伝える。

そう、ここにあるのは安らぎと穏やかさに満ちた心地よさ。軍神はここで、剣を納め、鎧《よろい》を――全てを脱ぎ捨て、眠りに就く。

ただ一人と望む妻の元で。

「ここは、それが一番顕著な場所ですから」

サクラはタキを見上げていたが、嬉しそうに、そして少し恥ずかしげに微笑んだ。

そのサクラを、何か眩しいものでも見たかのように、タキは目を細めた。

「サクラ様、料理人の方は、カイ様はご存じですの」

マアサの言葉に、サクラの視線が男に動く。

あわせて、ホタルも料理人という男に目を向けた。

「ジンと言います。私の長男ですわ」

紹介されて、骨太な男はにこりともせずに頭を下げた。

そう言われてみれば、どことなくマアサやレンに通じるものがある。

だが、それよりも、ジン、という名にホタルは懐かしさを感じて、つい男を見つめた。

それはサクラも同じようで。

「ジン、というの?」

気軽に男に語りかける。

彼は少し戸惑ったように目を瞬《しばた》かせた。

「ごめんなさい。オードルの庭師と同じ名前なの、ちょっと懐かしくなってしまって」

サクラの視線が同意を求めるように、ホタルに向かう。

ホタルは頷いた。

「私の祖父と同じ名前なんです」

そう言うと、男は少しだけ表情を柔らかくする。

それだけのことなのに、武骨でとっつきにくそうにも見えた彼は、驚くほど人の良さげな青年へと変貌を遂げた。

最初からこんな顔だったら、すぐにレンとマアサの息子だと気がついたのに、と思う。

「奥方様は苦手な食べ物はないと聞いてますが、父とは味付けなども随分と違うと思いますので、何かお気に召さないことがあれば、何なりとお申し付け下さい」

大きな体にとても似合うおおらかな口調だ。

そんなところも、祖父と少しだけ重なる。

ここに来てからは一度もオードルに戻っていないから、祖父にも会っていない。

元気だろうか。元気に違いない。

そして今日もオードルの庭の隅々までに手を入れているのだろう。

急に祖父の顔が見たくなった。

「本当はね、嫌いなものもあるの……だけど、レンの作るものはどれもおいしくて食べられてしまうのよ」

サクラはにっこりと、親しげに笑う。

そのサクラに、再び目を瞬かせ、しかも、心なしか表情が色付いたようなジンを見て、ホタルの懐かしさは一瞬で吹き飛んだ。

サクラ様、滅多やたらに微笑みかけないで下さい！

心で叫ぶ。

サクラの容姿は、確かに並はずれた美貌に恵まれている姉妹に比べれば、凡庸な部類に振り分けられるのだろう。過去には、それに引け目を感じて俯き加減なところがあり、なおさら、サクラを貧相な娘に見せていた。

だが、今のサクラは違う。

見慣れているはずのホタルでさえ、一瞬目を奪われるほど。

愛されて、愛することを覚えた方は、生来の穏やかで柔らかな空気を纏《まと》いながらも、強《した》かに艶やかに。

見事なまでに花開いた。

一時なりでもサクラと接する機会があったならば、誰であっても少なからず心惹かれるに違いない。

そう思わずにはいられないし、実際にそうであろうことは、ホタルの遠耳に届けられるサクラの噂話が証明している。

カイに伴われて公の場に出るようになってからというもの、軍神の寵妃を愚弄する噂をホタルが耳にすることはほとんどない。それは、カイの権威に基づくものもあろうが、よりサクラ自身によるものと、ホタルは確信している。

陰で囁かれる嘲笑さえ、今は僅かなのだから。

むしろ、その愛らしさや優しさが敬意と憧憬で語られる。

しかしながら、ホタルには少々心配事が増えてしまったのだ。

この方はご自身の魅力に無頓着過ぎる。

もう少し、ご自身の魅力に気がついて欲しい。

いつだったかシキがサクラを花に例え、その無自覚さを指摘したが、まさにそう。

まるでその美しさを自らは知らぬように。

芳香を醸す自身に気がつかぬように。

惜しみなく注がれる想いに咲き誇る者は、あまりに自然にそこにあり、何も隠そうとしない。

サクラが誰の想われ人であるか。

その想いがどれほどのものか。

あまりに明らかで、早々と不埒者を愚行に走らせることはないだろうとは思いつつ、
しかし、正直なところ、カイ以外の目に触れさせたくない、と考えることもしばしば。

「貴方の料理もとても楽しみにしているの」

そんなホタルの気持ちを知りもせず、サクラはまたもや無防備に無邪気な色香を零れ

させた。

　ホタルの気のせいでなく、ジンはいくらか頬を緩ませると。

「ご期待に添えるように努力します」

　答える声と、ノックに続いて扉が開く音とが重なる。

「おかえりなさいませ」

　サクラは、公の場に出る時以外結われることのない長い髪と、ドレスの裾をふわりと揺らして、身軽に立ち上がった。

　これもまた無意識に違いないのだろうが、新人に見せた笑顔とは一線を画す、とびきりの笑みで夫を迎え入れる。

　部屋に現れたカイはサクラに歩み寄ると、極々自然な動作で肩を抱き、長身を屈めるようにして小柄な妻の額に軽く口づけを落とした。

　この屋敷に勤める者達にとって、いつの間にか馴染みになった、しかしながら、見るたびにほっとさせる光景だ。

　マアサは、本当はこれを見せたかったのだろう。

　ふと、ホタルはそう思った。

　何者も入り込む隙のない、仲睦まじい光景は、この屋敷の象徴の一つに違いない。

　この新しく仲間となる者に、これをいち早く見せたかったのだ、きっと。

そんな気がした。

「久しぶりだな」

正装を解きながら、カイがまず声をかけたのは、ジンの方だった。

ジンははっとしたように、膝をついて頭を下げた。

隣に立っているマツリと呼ばれていた娘が目を丸くしながらジンを見て、自分はどうすれば良いのかというようにマアサを見た。

「お前、この屋敷でカイ様に出くわすたびに膝をつくつもりか？」

苦笑いを零しながら、シキがジンの腕を取って立ち上がらせる。

「膝にタコができるぞ」

その言い方がおかしくて、ジンとマツリ以外が笑いを零す。

ジンは仏頂面とも言える顔のまま、シキに頭を下げた。

「相変わらず、無愛想だな」

気軽に話しかけるシキに、ジンはポリポリと頭をかいて、ようやく苦笑いらしきものを浮かべる。

「……性分なんです」

「知ってる」

そう言って、ポンと肩を叩く動作に、彼らが昔馴染みなのだろうと知れた。

「……で、こちらがイーファス男爵のご息女？」

シキが続いて尋ねれば、新しい侍女は実直さだけが取り柄のような硬く勢いの良い動作で、深々と頭を下げた。

「マツリ・イーファスです」

名乗る声は、見た目に反して、かなり幼い。

「イーファス男爵も最近は忙しいだろう？」

シキの問いかけは、子供を手懐ける笑顔を共に。

マツリは、先ほどのジンよりもよほど顕著に頬を染めた。

「はい。あ、いえ、あの……」

あたふたと答えにならない言葉を口にする様に、ホタルはそっと同情する。

サクラの笑みが無意識ならば、こちらの方の微笑みは思い切り意識的に計算ずく。

どちらも慣れない者にとっては、心臓に悪いことこの上ないのは共通点。

「マアサ……男爵からは容赦なく使ってくれと言われている」

カイの声が静かに響く。

それだけで、空間に緊張感が走る。

「承知いたしました」

マアサが答えると、その横でマツリの表情が引《ひ》き攣《つ》った。

「カイ様」

サクラが諌《いさ》めるように名を呼ぶと、カイはちらりと妻を見下ろして。

「マツリ」

初めて侍女の名を呼んだ。

ビクリと反応して「はい！」と、元気な返事が返った。

「カノンは長くここに勤めていた者だ。代わりをしようなどとは思うな。できることをやれば良い」

ピンと張ったような声にいくらかの優しさを含ませて、この家の主は慣れない所作の侍女を励ました。

マツリは、一瞬目を見開いて、次には。

「頑張ります！」

ぺこりと頭を下げた。

「カイ様、こっちには激励は？」

シキがジンを指さす。

カイはジンを眺めた。その表情には、何もないのだが。

「そっちは……サクラの激励で十分だろう？」

それは、先ほどのやりとりのことだろう。

どこから聞いていたのか知らないが、それはあまりにちょっと……。

「それは……ちょっと大人げなくないですか」

ホタルの心中を、シキが声にした。


そのまま部屋に留まるかと思われたカイは、だが、タキに耳打ちされて再び部屋を出て行った。

シキがそれに続き、マアサも新たな使用人を連れて出て行こうとする。

そのマアサにサクラは声をかけた。

「少しマツリと話をしたいの」

サクラの申し出にマアサは、嬉しそうに笑みを浮かべると。

「ぜひ、そうしてあげて下さいな」

マツリを残して、ジンと部屋を出て行く。

残されたマツリは不安そうな表情を、必死に無表情に隠そうとしているようだ。

「歳はいくつ？」

再びソファへと座ったサクラは、前に立つ娘にそう尋ねた。

「十三です」

娘というよりは少女という年齢。

やはり見た目より、随分と若いのだ。

背が高く、目鼻立ちも大人びているからだろう。

正直、ホタルやサクラとさして変わらないかとも思ったが、その年齢ならばまったくもの慣れていない様子や緊張も納得できる。

何より十三歳という年齢ならば、男爵の娘が侍女として勤めることもさほど珍しくはないだろう。

貴族の娘が、花嫁修業代わりに、身分ある者の館に勤めることはままあることだ。

マツリの年齢ならば、二、三年ばかり勤め、一通りの作法を身につけてからどこぞに嫁ぐのだろう。

ホタルはそんな風に考えた。

だが、当の本人は、ホタルの思考を吹き飛ばす勢いで、聞かれてもいない身の上を語り始めた。

「あの……男爵なんて名ばかりなんです。弟が四人、妹が一人います。母は一人です。あ、もちろん父も一人です。大家族で、父は研究馬鹿で……母は、なんだかとぼけてて……本当に貧乏なんです。だから今回のお話は本当に感謝してます！」

ともすれば悲壮感が漂いそうな話を、家族への溢れる愛情と本人の気合をスパイスに、一気に告げる。

マツリを見上げるように見ていたサクラは、少しして堪え切れないように、ぷっと吹き出した。つられてホタルも零れそうになる笑みを、なんとか抑える。

なんとも、見た目にそぐわないかしましい娘ではないか。

少しの間、止まらない笑いに肩を震わせていたサクラだったが、その表情がふと気遣わしげなものに変わる。

「貴女が十三歳ということは……まだ、弟さんや妹さんは小さいでしょう？　貴女が、家を出てしまっても大丈夫なの？」

マツリは焦ったように、さらに慌ただしく言葉を続けた。

「上から、十、八、五、二歳で一番下の妹が、もうすぐ一歳になります。皆、大丈夫です！　両親もすごく元気なんです！　ただ、貧乏なだけで！」

それに、サクラは首を振った。

「みんな寂しがらない？　貴女は寂しくない？」

マツリはぴたりと忙《せわ》しない動きを止めた。

まっすぐにサクラを見つめるきれいな青い瞳が、隠しもしない驚きに満ちている。

マツリがどんな風にサクラを想像していたのか、知る由もない。

しかし、目の前にいる方は、軍神の寵妃だ。

そして、帝国キリングシークの皇弟妃である。

世間知らずな少女が、その言葉から想像した気高い女性像とは、かなりかけ離れていたのだろうか。

「……あの」

マツリは俯いた。

先ほどまでとは打って変わった大人しい声で。

「実は……家族と離れるのは初めてなんです」

そう告白した途端、ポロポロと涙を零し始めた。

子供そのまま。

涙を拭こうともしない。

サクラが立ち上がって、マツリに近づく。

「マツリ？」

優しい声で呼びかけて、自分よりもいくらも背の高い少女を抱きしめた。

「寂しいし……不安ですけど、自分でお勤めに出ようと決めたんです」

マツリは必死にそう言葉を続けた。

サクラは頷いて、大きな子供の背中を撫でて宥める。

ひっくひっくと際限なく泣き続けながらも、マツリは健気にサクラを見つめ。

「経験はありません。でも一生懸命頑張ります！」

サクラから離れて一歩下がると、勢いよく頭を下げた。

熱意は十分に評価できそうだ。

動作の一つ一つには優雅さの欠片もないが、そんなものは教えれば良い。

ホタルはこの少女の素直さと実直さに、とても好感を抱いた。

「ホタル」

サクラに呼ばれて二人に近づく。

サクラはそっと耳打ちするように少女に告げた。

「いつでも、気がねなくここに来てね。私やホタルは歳が近いから、話しやすいこともあるでしょう？」

マツリがちらりとホタルを見る。

ホタルは頷いて、笑いかけながら。

「あ、でも恋の相談は私ではなく、他を当たって欲しいですけど」

冗談めいて言うと、マツリはポッと頬を染め、そして、この部屋で初めての笑顔を見せた。

こうして、長く人の入れ替わりがなかった屋敷内に、二人の新顔が加わったのだった。

3

何やら騒がしい。

サクラの髪を梳いていたホタルは、一瞬だけその手を止めた。

外の空気を部屋へ誘い込むことを好むサクラのために、今日も中庭に面した窓は開け放たれている。

しかし、騒がしいのはそこではない。

長い髪に櫛《くし》を通す作業を再開しながら、ホタルはもう少し聞き耳を立ててみた。

閉め切った扉の向こうから聞こえてくる声や音の出所は、どうやら正門だ。

パタパタと忙しない足音が響いている。

どうしろ、こうしろと指示するマアサの声や、それに答えるカノンやマツリ。

このお屋敷にしては、珍しく落ち着きのない模様が聞き取れた。

だが、その騒ぎは、まだ、遠い。

ホタルを呼ぶ声も、サクラを伺おうとする気配もない。

ならば、ホタルとしては、気にするまでもない。

サクラと二人で過ごすこの状況は、ホタル自らが進んで壊したいものでは決してないのだから。

「さすがに……少し切った方が良いかもしれないですね」

騒ぎを無視して、ホタルはサクラに話しかけた。

サクラが頷くと、それに合わせて髪が揺れる。

その髪は、女性としてもあまり類を見ない長さに達していた。立てばサクラの背を覆うのはもちろん、膝をかすめて床に届くまであと僅か。

ホタルが精魂込めて手入れしているから、そこには少しのささくれもなく、優しい色合いを湛《たた》えて流れる様は、ため息が出るほどに美しい。

年頃の娘、しかも既に人の妻となった女性が、長い髪を結わずに背中に垂らしておくということに、最初は違和感を覚えもした。

それが主の命だと知って反感を持ちもした。

主が当たり前のように流れを指に取り、口づけを与える姿に胸が痛んだことも一度や二度ではないが、それも今では心が温かいもので満たされるばかりの光景。

それどころか、主の指先で揺れる髪の美しさに惹かれ、手入れをする気合も以前とは段違いだ。

とはいえ、この長さは結わないからこそのものだった。

近頃のサクラはカイに伴われ、公の場に出ることが増えている。

そうなれば、結わずにはおけず、この長さはどうしても障害となってしまうのだ。

「切っても構わない……というか、ずっと切りたいって言ってるのに」

サクラが、いくらかの非難を込めながらも、柔らかく言葉を零す。

確かに、随分と前から、サクラは折にふれては、髪を切りたいと言っていた。

だが、ホタルはそのたびに、頷きながらもそれを先延ばしにしてきたのだ。

だって、本当にきれいなのだ。

それに。

「カイ様はこのままで良いとおっしゃるんですよね」

髪を切らない最大の原因は、やはりそこだと思う。

カイが切ることを許せば、それはあっけないほどに実現するのだろうが。

尋ねれば、必ず「このままで構わない」と返事が返るのだ。

「少しくらい切っても、良いと思うけど……」

そう言いながらも、サクラにもやはり迷いが見える。

想いが叶う前から、髪だけは常にカイの指先に触れられてきた。

想いが叶った今となっては、あえて髪にこだわることもないのだろうに。

それでも、主の気に入っているものを、その許しなく切り落とすことに潔くはなれないのだろう。

結局今日も髪を切ることはなさそうだ、とホタルは確信する。それに、そんな余裕もなくなりそうだった。

遠くにあった騒ぎが、徐々に近づいてきていた。

正門あたりから中庭に移動してきたざわめきは、やがてサクラの耳にも届くだろう。

「なにかしら？」

ほどなく、ホタルの予想どおり、サクラの意識が騒ぎに向けられる。

ホタルは手を止め、中庭が見下ろせる窓に近づくと、そっと様子を窺《うかが》った。

一目で、近衛《このえ》兵《へい》だろうと知れる騎士が数人。

それに護られて、中庭を歩くのは。

「女の子がいます」

目に入った姿をサクラに伝えながら、少しばかり耳を澄ます。

甲高い少女の声が。

「カイ！」

恐れ多くも、家の主を敬称なく呼ぶ。

呼ばれたカイは、苦笑いを浮かべながらも、駆け寄る少女を抱き上げた。

「また、大きくなったたな」

耳に届いたのは、そんな言葉。

「アヤメ様だわ」

ホタルの横に立ち、同じように庭を見やったサクラは、少女の名らしきものを呟いた。

聞いたことのあるような、ないような名前。

「皇帝陛下のご息女」

思い出せない答えを、サクラが教えてくれる。

「ああ」

どうりで、聞いたことはあるけれど、ピンとは来ないはずだ。

カイの兄である皇帝には、ホタルの記憶が正しければ、ご子息が一人、姫君が二人。

確か、ご子息の名前はトワ様。

ご息女は……そう、アヤメ様とツバキ様だ。

思い出して、すっきりしたところで、はっとする。

「お出迎えしなくてもよろしいのですか⁉」

隣で、のんびりと眺めているだけのサクラに尋ねた。

どこもかしこも姫君の来訪に、てんやわんやとなっているのが聞こえてくる。

このお屋敷でいつもの平穏を保っているのは、もはやこの部屋だけだろう。

「いい……と思う。私、嫌われているから」

サクラは少し困ったような、それでいて恥じらいを含ませたような、言葉の内容にそぐわない表情を浮かべる。

「珍しいですね。サクラ様、お子様には好かれる方なのに」

控えめな言い方をしたが、実のところ、サクラの穏やかな雰囲気を嫌う子供には、今までお目にかかったことがない。

オードルにいた頃も、親族や客人が集まる機会があれば、気がつくとサクラの周りには子供達が集まっているというのが常だったくらいだ。

「アヤメ様はね。カイ様のお妃様になりたかったんですって」

サクラは庭から、ホタルに視線を移した。

「初対面ではっきり大嫌いって言われて、泣かれて……その後はご挨拶もして下さらないの」

穏やかな口調と微笑みで告げる姿に、怒りや嘆きはない。

少女の嫉妬と、それから生まれる不条理な態度を、受け止めて静観する余裕が今のサクラにはあるのだ。

「今はシキ様にお輿入《こしい》れなさりたいんですって」

冗談っぽく続いたサクラのそれに、ホタルはつい笑ってしまった。

なんというか。

「アヤメ様って……」

サクラが言わんとしていることに気がつき。

「面食いよね」

「面食いでいらっしゃるんですね」

声が揃う。

サクラとホタルは顔を見合わせて、同じタイミングで吹き出した。クスクスと笑いを続けながら、サクラはもう一度庭に視線を向ける。

「最近はカイ様もシキ様もお忙しくて、お城から足が遠のきがちでしょう？　きっと、我慢できずに飛び出していらっしゃったんでしょうね」

ホタルも、サクラに視線の先を合わせた。

カイの腕から滑り出て、現れた笑顔の騎士に抱きつく少女が目に入る。

今日は、屋敷にいらっしゃったのか。

そんな風に思うほど、サクラの言葉どおりにシキは忙しい。

その姿を見るのも、数日ぶりだと思う。

シキは柔らかな笑顔で姫君を抱き上げている。

「お久しぶりですね。お元気でしたか？」

優しげな声が聞こえてくる。

姫君は嬉しそうに頷いて、シキの首にしがみつく。

カイと同じ黒髪が、ゆらゆらと揺れた。

異国の美姫《びき》と誉れ高い母君の血を色濃く引き継いだのであろう目鼻立ちは、遠目にもはっきり見て取れる神秘的な美しさに輝いている。

そして、身分は最強の帝国の姫君。

恵まれ過ぎるほど恵まれた姫君の輿入れ先が、公爵家であることは、なんの不都合もない気がする。幼子の戯れ――で済ますには、庭先で睦まじく語らう二人は、あまりにお似合いだった。

「確か……十歳でいらっしゃいましたっけ？……あと五年もすれば、とても美しい女性におなりでしょうね」

ホタルは呟いた。

「ホタル？」

サクラに呼びかけられて、ホタルは微笑み合う姫君と騎士から目を離した。

サクラを見れば、先ほどの楽しげな様子はどこに行ってしまったのか。

心配そうにホタルを見ている。

何故、こんな表情をするのか。

「五年くらいなら……待てる気がしません？」

訳の分からないサクラの様子に、意図して明るい声で言ってみる。

「そうしたらサクラ様、晴れて仲良くなれるかもしれませんね」
サクラの表情は晴れない。
そして、ホタルも。
意図しなければ、声に感情が出そうだ。
感情とは？
なんだろう。
この気分は。
いったい？
「……ホタル」
サクラの手がホタルに触れようとする。
慰めだろうか。
どうしてか、そう思い。
だが、慰めを受けることなんてないはずだ。
だから、手を避けて。
「お茶をお持ちしますね」
適当な言い訳を口にしながら、部屋を出た。
サクラから逃げたのは……多分これが初めて。

長い廊下を、厨房に向かう。

サクラの表情が、心に引っかかる。

私の何が、サクラ様にあんな表情をさせてしまったのだろう。

眉を寄せて。

辛そうな。

切ないような。

カイに一方通行な想いを抱いていた時に、ほど近い表情。

「ちょっと！」

突然、物思いを吹き飛ばさんばかりに勢いよく呼び止められ、ホタルは振り返った。

少し離れたところで、騒ぎの中心である姫君が、マアサと数人の供を連れて立っている。

ホタルが慌てて膝を折り、頭を下げると、姫君が一人でホタルに近づいてくる気配がする。

そして、ホタルの視界には、華やかなドレスの裾が入ってきた。

「……あなたがホタル？」

まずは、名前を呼ばれたことに驚いた。

だが、それよりもそこにある感情になお驚かされた。

何故だろう。

ひどく棘《とげ》を感じた。

「……はい」

素直に答えながらそっと窺い見れば、近くで見てもやはりとても美しい姫君は、じっとホタルを見つめていた。

見なければ良かった、と後悔するほどに。

ひと際、彼女に異国の血が入っているのだと知れる青銅の瞳は、声に含まれているものを裏付けるように、あからさまな敵意を湛えている。

どうして、こんな風に睨まれるのか。

あまりにも激しいそれに、ホタルはただ頭を下げ続けた。

余計な荒波を立てたくはない。

何が姫君の不興を買ったかは知らないが、ここはひたすらに伏しておくべきだろう。

しばらく物言わずホタルを睨みつけていた姫君は、やがて。

「なんでもないわ。行きなさい」

子供らしい声で、不遜に言い放った。

そしてホタルが顔を上げるよりも早く、背を向けて去って行く。

皆が唖然と姫君の行動を見ている。

それを無視して、ずんずん進んでいく姫君の背を、ホタルもまた呆然と眺めていた。

供の中にいたマアサが心配げにホタルを見やったのに、大丈夫ですと頷いて。

それでも、いったいなんだったのかという疑問は残る。

訳が分からないまま、深刻だったはずの物思いも吹っ飛んで、ひとまず足は厨房に向かう。

「……ホタルさん！　私、どうすれば良いですか⁉」

厨房に入った途端、あたふたと落ち着きのないマツリが近づいてきた。

まだ、お勤めに入って数日。

そこに突如現れた大物に、かなり動揺しているようだ。

「ここでお袋が何か言ってくるのを待てば良いと言ってるんだがね」

奥では、何の動揺も見せない新しい料理人が、茶菓子を皿に準備している。

のんびりした動きにも見えるが実に手際良く、そして盛られていく菓子達はとてもきれいだ。

「……ここで大人しくしていれば良いと思うわ。何かあれば、マアサさんかカノンさんから指示があると思うから」

ジンの意見に賛成の意を示したホタルの言葉に、マツリは頷きはしたが、やはり落ち着かないように厨房の入り口付近をウロウロとしている。

気持ちは分からなくもない。

勤め始めて数日とはいえ、このお屋敷の平素の静かさはマツリも分かっているだろうから。

それを知っている者にしてみれば、今日は尋常ではない。

しかしながら、特にできることもないのが事実。

「ホタル、こちらをサクラ様に」

一方のまったくもっていつもどおりのジンから、ホタルはサクラにと準備されたお茶と菓子を受け取った。

それをワゴンに乗せていると、ジンが。

「マツリ、こっちに来て、そこに座んなさい」

落ち着かない少女を呼ぶ。

マツリはこれに素直に従って、ジンの示した椅子に座った。

「ここで、これでも食べて大人しくしてなさい」

マツリの前に出されたのは、茶菓子。

サクラのもののように、きれいに盛り付けられてはいないが、同じものなのは明らかだ。

マツリは驚いてジンを見上げ、次にホタルを見やる。

「ジンさんのお菓子はサクラ様も大好きよ」

食べて良いという意味を込めて言うと、大人びた顔立ちに子供の笑みが浮かんだ。

「ありがとうございます」

お行儀良く手を合わせて、お菓子を口に運ぶ姿にほっとして、ホタルは厨房からワゴンを運びだした。


サクラの部屋へと向かう足取りが、重い。

こんなこと、今までのホタルにはあり得ない。

戻ったら、サクラ様はどんな顔をなさっているのだろう。もう、何もないように微笑んで下さるだろうか。

あの表情はきっと私のせいに違いない。

だとしたら、私が先に元に戻らなければ。

でも、私は先ほど、どんな風だったのだろう。

それはもうなくなって、今はいつもどおりなのだろうか。

自分自身を探るホタルの耳に、今までの気分はともかく、それを決して浮上させるものではない足音が響く。

できれば、今は顔を合わせたくない方のそれなのはすぐにも分かったが、残念ながらどこにも隠れ場所はなかった。

結局、先ほど姫君に呼び止められた辺りで。

「やあ、ホタル」

にっこりと笑うシキに出くわした。

窓越しではない近さ。

遠耳ではなく、目の前の口元から零れる声。

「ご用でしょうか？」

いつものとおりに答えたつもりなのに。

「おや、不機嫌だね」

そんな風に言われて、やっぱり自分は不機嫌なのだろうかと考える。

だが、不機嫌になる理由は見当たらない。

身分ある方の気まぐれな態度など、気にするまでもないはず。

サクラの表情は、ホタルに不安を与え、心配させるものだが、これも不機嫌とは別のはずだ。

久しぶりのシキは、どうしてかホタルの気分を下降気味にさせたが、これまた不機嫌とは違う。

「そんなことは、ありません」

だから、そう答えた。

シキはじっとホタルを眺めてくる。

つい、つられるようにホタルも、目の前の騎士を見つめた。

いくらか痩せたように見える。切る間もないのか、少し伸びた髪が顔を隠しがちだった。

なのに、隙間から覗く碧《あお》い瞳が、ホタルを凝視していることははっきりと分かった。

言葉と同じように、多くを語りながらも本心を明かさない瞳だ。

それが、どことなく荒ぶっているようにも見えて、ホタルはなんとも言えない居心地の悪さを感じた。

「あの……シキ様？」

用向きはなんだろう。

先ほどまでとは打って変わって、今は早くサクラの元に戻りたい。

それに、耳を澄まさなくても、少し離れた扉の内から、シキを呼ぶ姫君の声が聞こえてきて、なお、ホタルを急《せ》かす。

「……あちらの姫君にもね、お茶を差し上げて欲しいんだけど……」

シキはようやくそう口にした。

ホタルは頷いた。

「承知いたしました」

とは、請け合ったものの。

ふと先ほどの姫君の敵意に満ちた視線を思い出す。

「……マツリでも大丈夫でしょうか？」

あのきれいな瞳に睨みつけられるのは、正直避けたいし。

姫君にしても、ホタルなどにお茶を準備されたくはないだろう。

しかし、言ってから、マツリの様子を思い出し。

「すぐお持ちします」

言い直して、ひとまずサクラの元へと向かおうとすれば。

「ホタル」

腕を捕らえられる。

これも随分と久しぶりではないか？

「……何かあった？」

ひと際近づいたシキが、心配を含んだ声で尋ねてくる。

ホタルは慌てて首を振った。

しまった。

余計なことを、口走ってしまった。どうやら、シキが何かとホタルを案じてくれているのは、本心からのようだ。

それには感謝をしなくてはいけないのだろう。実際に、何度も助けてもらっているのだから。

でも、ホタルのことなど二の次、三の次で良い。

というか、本当は気にしてくれなくて良いのだ。

たかだか一侍女だ。多少のことがあっても、このお屋敷が揺らぐこともない。シキにはもっと大事なことがいくらだってある。

ホタルなどに関わっていられる余裕などないほどに、忙しいだろうに。

「申し訳ありません」

つい口をついたのはお詫びの言葉だった。

これでは、シキへの問いに答えていないと。

「何もありません」

急いで付け加える。

だが、シキの眉間に刻まれた皺はなくならない。

「ホタル」

ぐっと腕を掴む力が強まって、引いてくれないようだと悟る。

どうしてだろう。

本当に、ホタルのことなど放っておいてくれて良いのに。

ホタルは迷いながら。

「……何故か、姫様には嫌われているようなので」

俯き、呟く。

甘えている、と自覚しながら。

シキが何らかの答えをくれること。

そして、宥められること。

それを、多分どこかで期待していて、そしてそんな自分が嫌になりながら。

「だから……お茶をご用意するのは私ではない方がよろしいかと」

もっともらしいことも口にする。

「子供は正直だな」

シキからは、そんな呟きが返ってきた。

そして、意外にも小さな笑い。

ホタルは、つい顔を上げて、首を傾げた。

シキはホタルの腕を引いて、廊下の真ん中から人が滅多に通らない脇の細い廊下に移動する。

ワゴンが置き去りにされてしまってホタルは焦ったが、腕を掴むシキの力は揺るがず、引きずられるしかない。

「アヤメ様は奥方もお嫌いだ」

足を止めるなり、唐突にもシキはそう言った。

それはサクラ自身にも聞いたことだった。

「はい。そのようにお聞きしました」

だから頷く。

「それはカイ様が奥方を寵愛していらっしゃるが故の……まあヤキモチな訳だけど」

確かに。

それはそのとおりなのだろう。

ホタルは、もう一度頷いた。

「はい」

不意にシキの声から、笑いが消える。

「……君が嫌われる理由はなんだろう？」

突然の質問に、ホタルは少し考えた。

私自身が嫌われる理由？

もちろん、過去に会ったことはない。

あの姫君にとって、私は何だろう。

一介の侍女。

本来なら歯牙にもかけぬ存在。

だけど、そう私は。

「サクラ様の侍女だから、でしょうか？」

出した答えは唯一だ。

だが、シキは首を振った。

「不正解」

でも、それ以外には何も思いつかない。

他の理由？　例えば、遠耳が忌み嫌われる、とか？

そんなことを、姫君がご存じとは考えがたい。

「……分かりません」

ホタルは首を振った。

すると、シキは少し身を屈めるようにして、ホタルに囁いた。

そんなことをしなくても、ホタルの耳はどんな言葉も聞き取るのに。

「君が嫌われるのはね……俺が君を好きだからだ」

それは……。

ホタルは一瞬頭に浮かんだ、その単語の意味を押しやった。

そんな訳がない。

だから、この場合。

「恐れ入ります」

これが、模範解答だろう。

侍女として、上の方に気に入られていると言われたら、褒められたのなら、これで正解のはずだ。

しかしながら、予想外にシキは妙な顔をした。

「そう返してくるか」

再び、眉間に皺が寄った。

少しの間をおいて、何か言おうとしている唇に、気がつかない振りをして。

「シキ様、姫様がお呼びです」

聞こえることを口にする。

幾つか向こうの扉の内で、姫君は忙しなくシキをお召しだ。

お供の方々の戸惑いまでが、ホタルの耳に届くようだ。

「……お茶を頼む」

やがて、シキはそう言った。

「マツリに運ばせてくれればいい」
その声は、はっきりとした感情に縁どられていて、ホタルを驚かせた。
いわゆる、これは不機嫌。
「……承知いたしました」
今度はシキが不機嫌らしい。
だが、知らない振りをして、厨房に向かう。
まずは戻って、姫君にお茶を運ぶようにマツリに言おう。
そして、サクラ様のお茶を淹《い》れなおそう。
きっと冷めてしまったから。
そんな段取りを頭に作り上げながらも。
考えてしまう。
何か間違えただろうか。
よく分からない。
サクラの表情も。
シキの不機嫌も。
何より、自分のこの重い気分。
分からないことばかりだ。

サクラの誘拐事件が起きたのはそんな時だった。

皇女殿下の嫉妬心がしでかした小さな意地悪が、悪意によって大きな事件へと発展してしまったこの出来事は、無事にサクラが帰還するという結末を迎えることができはした。

だが、様々な人に残した、様々なしこりの多さと大きさは計り知れないものがある。

不気味な魔獣の存在。

一時的だったとはいえ、サクラに戻らなかった破魔の剣。

サクラというその人自身にまつわる謎。

そして、ホタル自身にとっては、自身の遠耳が役に立たなかったという現実。

それは、ホタルの心に大きな傷を残したと言える。

だが、皮肉なことに、それによってホタルはシキに関する一連の感情を忘れることに成功していた。

4

体が重い。

ベッドの上でゆっくりと眠ったのは、もう何日前のことになろうか。

「お前も……お疲れだったな。ゆっくり休めよ」

一晩中飛び続けて、ようやくねぐらに辿り着いた翼竜《よくりゅう》の長い首を撫でながら、シキは本心から労いの言葉をかけた。遠出する際には必ず供となる心優しい翼竜は不満げな様子もなく、むしろ疲れているのはそちらだと言わんばかりのおおらかさで、大きな顔をシキの肩に押し付けた。

ゴツゴツとした、しかし温かい頭を撫でてやりながら、周りに人気《ひとけ》のない気軽さについついため息が零れる。

ここのところの、この忙殺ぶりときたら、いったい何なのだ。

昨年の夏頃から横行し始めた、徒党を組む魔獣達。

これが、帝国キリングシークの綻びの象徴かと俄《にわ》かに活気づく反勢力。

それらを排するため、制するために奔走する日々は、何も考えずに戦場を駆け巡っていた頃と比べてさえも、よほどシキを疲弊させる。

魔獣相手はまだ良い。

単独から集団へと姿を変えたことに少しばかりの――――いや、多大なる違和感はあっても、剣を振るって断てば良いだけの存在は体の疲れをもたらすだけだ。

休めば、元にも戻ろう。

だが、人が相手となると疲れさせられるのは、むしろ精神なのだ。

敵と定めて殺すだけなら、今更心を痛めることもないのに。

本意を探り合い、妥協点を見出そうとし、その駆け引きの結果としての抹殺は、虚《むな》しさを伴うのだと思い知らされる。虚しさは心に鬱積していき、重いしこりとなってシキに消し去りようもない疲労感をもたらしていた。

現状打破に繋《つな》がらない、ただ危機を排除するだけの闇での殺戮《さつりく》。

いつまで、それを繰り返すのか。

終わりが見えないだけに、疲労感は解放のしようもない。

それでも、まだ、マシなのかもしれない。

まだ、世界は平和へと向かおうという意思を持っている。

漆黒の軍神は自国に在り、微動だにせず。

いまだ、キリングシークの権威は揺るぎない。

他国にそう知らしめることには成功しているはずだ。

それは救いだ。

もっとも、いつまでもつかは分からない。

いずれ、その存在に頼る時は来るのかもしれない。

「シキ様」

名前を呼ぶ声に、疲れと薄暗い方角へ進んでいた思考を隠して振り返る。

カノンが立っていた。

侍女のものではない衣装を身につけて、小さなカバンを一つ携えている。

「長い間、大変お世話になりました」

にこりと微笑み、静かに頭を下げる女性の言葉に、ふと思い出す。

「……ああ。今日が最後か」

そういえば、一か月ほど前から勤め始めたあのマツリという少女は、辞めるカノンの代わりだった。カノンがいつ辞めるのかまでは把握していなかったが、この忙しない日々の中、少なからず縁のある女性に、どうやら最後の挨拶ぐらいはできるようだ。

「何時頃産まれるんだ？　体には気をつけて……」

無難な別れの言葉を口にしようとするシキを、カノンは笑みを消した険しい表情で見ている。

気づいてシキが言葉を止めると、カノンは静かに歩み寄ってくる。

「大丈夫……なのですか？」

気遣わしげな言葉と共にカノンの手が上がり、少し遠慮がちながらシキに伸びる。

シキは身を引いて、それを拒んだ。

「触らない方が良い」

向けられていた指先が、ピタリと動きを止める。

「昨日は……人を殺したから」

かろうじて返り血は洗い流した。

しかし、あの独特のまとわりつく生温かさはまだ肌に残るようだ。

「シキ様」

カノンは手を下ろさない。

その手を摑んで引き寄せたのは、もう随分と昔な気がする。

染みつくような血の匂いと滑《ぬめ》りの感触を、甘い芳香と肌の滑らかさで消すために。

柔らかな体で、疲れた心身を癒すために。

僅かな迷いもなく、ただ闇雲に抱いたのは確かにこの女性だった。

なのに、不思議なものだ。

母になったその瞬間から、穢《けが》れた体では触れることさえもできない存在になるのだ。

「触れたら汚れる」

お腹の中にあるまっさらな命に、ほんの僅かな穢れも与えたくないと。

こうして向き合うことにさえ罪悪感を伴うほど。

その存在は神聖なものに、姿を変える。

「何をおっしゃってるんですか」

カノンは華やかな顔立ちに母の笑みを浮かべて、シキの言葉を易々と否定した。

「それがこの子達のために流す血だと存じておりますのに……どうして、穢れなどと申しましょうか？」

そして、再び手は動き、最近は伸び放題にせざるを得ない髪に触れる。

額にかかる幾筋かの金髪を指先で払う仕草は、過去の情人というよりは、やはり母親のそれに近い。

「お疲れですね……男っぷりが上がってますよ」

軽い口調の中に、多大な心配が含まれている。

優しい指先が髪を耳にかけてくれるのに任せながら、なるべく疲れを見せないようにと気を遣いつつ微笑んでみせた。

そして、彼女が囁いた過去の睦言《むつごと》を思い出す。

『怠惰な男なんて御免です。男は何かに打ち込んで、少々やつれているくらいの方が魅力的なんですよ』

戦場帰りの疲れた体を優しく受け止めて、年上の情人はそんな風に言った。

『でも、それも命あればこそです。だから、何があっても貴方は戻らなければならないのです。戻れば……いくらでも、こうして抱きしめて差し上げることができるのですから』

実際に、カノンは戦いに疲れたシキを、無条件に抱きしめてくれた。

多分、今のシキにもそういう存在が必要だ。

だが、それはもちろん目の前のカノンではない。

そして、数多くいた情人でもない。

それは、たった一人。

「それで、カノンの旦那は仕事漬けの日々なんだな」

思い浮かぶ幻影を振り払い、シキは軽い言葉を返した。

その存在を今思い出すことは、あまりにシキには切ない。

「あの人は仕事が好きなんです」

カノンはクスクスと笑いを零してシキから手を引いた。

夫のことを話す時、カノンの表情は妻のそれに変わる。

「……シキ様」

母であり、妻である、元情人は、ふと表情を固くした。

「お体にはくれぐれもお気をつけ下さいませ」

一瞬だけ、ベッドから出るシキを見送る時に見せた貌《かお》が、そこに浮かんだ気がした。

それとも。

母も、妻も、情人も。

心配する時の表情は似通っているのか。

そういえば。

振り払ったはずなのに、また、思い出す。

一度だけ送り出してくれたあの侍女も、そんな貌をしていた、と。

型どおりの言葉と教え込まれた優雅な礼をしながらも、その表情は心からシキの無事を祈っているのだと告白していた。

だから、頬への口づけを止められなかった。

「シキ様?」

黙りこくったシキを、母の表情に戻ったカノンが覗き込む。

「……分かってるよ」

振り払うことを諦めて娘の存在を胸にとどめる。

「カノンも大事に」

カノンは頷き、だが、少しだけ何かに迷うように唇が動いた。

やがて。

「ところで、今日で最後なのでご無礼を承知で申し上げたいことが」

改まって言う。

シキは思わず、小さく笑い声を洩《も》らした。

「今更だろう」

促すように言えば、カノンはふと真面目な顔をする。

今度のそれは、何の表情か。

「ホタルへのお戯れ、おやめ下さいませんか」

いきなりといえば、いきなりだ。

だが、察しが良いものであれば、シキのホタルに対する態度に気がついても不思議ではない。

「ホタルは……シキ様の……いえ、お相手がどなたであってもですが……遊び相手には向いておりません」

そんなこと、言われるまでもない。

改めて思い出すまでもなく、胸にとどまる娘。

あれほど遊び相手に似つかわしくない者もいないだろう。

「珍しいな……カノンがこういうことに口を出してくるのは」

シキは軽く返した。

だが。

「仕事に支障が出てる？」

カノンの心配する所以《ゆえん》が、そこにあるならば問題だ。

それは、きっとホタル自身を一番追いつめる。

「いえ、真面目な子ですから」

カノンは眉を顰《ひそ》めた。

「でも、だからこそ……お戯れはおやめいただきたいのです」

言《い》い淀《よど》むように唇を舐《な》めて。

覚悟を決めたように、きっぱりと言う。

「シキ様に戸惑うホタルの姿は、見ていて可哀想です」

まっすぐに振り落とされる剣のように容赦ない言葉。

ホタルがシキに戸惑っている。

そんなことは分かっている。

シキの態度に。言葉に。

本心を知りたいと思っている風もなく、ただ、どうして良いのか分からず困惑している。

それは承知だ。

だが、その姿は他人から見ると。

「……可哀想、か」

そう言われても仕方ないのだろう。

確かに、己は誠実な男ではない。

もの慣れない娘を、戯れで手折ろうとしているように見えて当然だろう。

だから、そのことに怒りや悔しさはない。

「でも、無理……なんだな」

カノンに応えるというよりも、自分自身でそれを確認するように。

「無理？」

シキは頷いた。

「遊びじゃない。カノンの言うとおり、ホタルは遊び相手には向いていない。遊びなら……あんな面倒な娘、相手にしない」

言ってから、まったくそのとおりだと思った。

こちらが歩み寄れば、心を開いたようにも見えるのに。

少しでも手を伸ばせば、スルリと逃げる。

本気の言葉さえも、サラリと流される。

心の中は、女主のことでいっぱいで。

笑うのも、泣くのも、かの女性のためだけ。

「……カノン。笑いたい時には笑った方が良いよ」

ふと見やった元侍女に、ため息をつきながら言ってやる。

カノンは口元をヒクヒクとさせていたが、すぐに堪え切れないように吹き出すと、声を立てて笑いだした。

体を折り曲げるようにしておかしくて堪《たま》らないように笑うカノンを怒る気にもなれない。

何故なら……カノンが今の夫と結婚すると、本気で愛しているのだと聞いた時に、シキも同じように笑ったからだ。

あの時のシキの笑いはなんだったのだろう。

無愛想で無口な職人気質の男に恋する女を笑ったのは、嘲るためではなかった。

恋に落ちた者の不器用さが愛しかった。手慣れたはずの女の、その滑稽さがどうしてか羨ましく思えた。

だから、なんだか、笑わずにはいられなかったのだ。

多分、カノンも同じだろう。

「……シキ様が……ホタルを、ですか……」

ひとしきり笑い、まだ呼吸が整わない中、カノンは呟いた。

「意外？」

尋ねれば、どうしてか、ひどく優しく微笑んだ。

「いいえ。なんとなく納得、です」

年上の元情人の口調は、穏やかさで満たされていた。

「手強《てごわ》いでしょう？」

尋ねるそれも、嘲笑を含むものではない。

「うん……手強いね」

シキは頷き。

「しかも……強敵がいるし」

続ける。

もちろんシキにとっての強敵は、かの寵妃に他ならない。

ところが。

「ああ……ジンですか」

カノンからは思いがけない人物の名が出てきた。

「ジン？」

あまりに想定外。

シキの反応に、カノンは形の良い眉を右だけ器用に上げた。

「あら？」

対するシキは、眉間に深い皺を寄せる。

「ジンって……あのジンか？」

「あらら……私、余計なことを言ってしまったのかしら」

カノンは焦ったように、誤魔化す微笑みを浮かべていたが、シキがじっと見つめると、諦めたように肩を竦めた。

「マアサさんは、ホタルをジンに嫁がせたいと望んでいます」

確かにマアサはホタルを気に入っている。

以前、レンがそんなようなことを言っていたような記憶もある。

「近くカイ様やサクラ様にも正式にお話があると思います」

それは、随分と真実味のある話ではないか。

だが、正直なところ、想定外。

ホタルがあまりにその手の話に無縁な雰囲気を纏っているから。

しかし、考えてみれば年頃の娘だ。器量も悪くないし、何より気立てが良く、働き者。とくれば、そんな話の一つや二つあっても不思議ではない。

しかも、マアサが絡んでいるとなると、それは急に現実感を帯びてくる。

「……シキ様。顔、怖いですよ」

カノンの声に、存在を忘れていた女性に目を向けた。

既に笑いも焦りも消えて、ただただ柔らかな笑みでシキを眺めている。

「本気なんですねえ」

しみじみと呟く姿が、少々癪に障る。

本気だとも。

そう言っているではないか。

「……そう言ってるだろう」

カノンはピンと来たようだ。

「あ、ホタルにも疑われてるんですか？」

嫌な言葉だ。

だが、疑われるなら、まだ良い方だとも言える。

「疑われてる、というよりも……そもそも分かってない」

あの娘には分からないのだ。シキが、ホタルを好きだということが理解できていない。

まるっきり、あり得ないことだとでも言うように。

直截的《ちょくせつてき》な言葉までもが、曲解される。

『好き』という言葉に『恐れ入ります』という返事をもらったのは、初めての経験だ。

それに何ら返すことができずに、大人げなく突き放してしまったのは何日前のことか。

「自業自得、ですねえ」

カノンは呟いた。

そんな単語、もう何度も呟いている。

だが、今までのことをとやかく言われても、それは過去だと言うしかない。

事実、今のシキはホタル以外はいらないのだから。

どんなに疲れても。

どんなに欲していても。

他にはいらない。

思い出すのは、無理やり奪った口づけ。

一瞬触れた頬の柔らかさ。

慰めるために引き寄せたはずの体の細さ。

それだけ。

たった、それだけの記憶が、現実にあるどんな柔らかな存在よりもシキを煽り、そして癒す。

「本気なら……私は応援します」

カノンは、やけにはっきりと言い切った。

「貴方も見つけたのなら」

続けたそれに、今もカノンがシキを想っていてくれるのだと知る。

過去とは違う想いだったとしても、カノンは確かにシキを想ってくれているのだろう。

「だから、ホタルの花嫁道具を揃える時にはぜひうちの旦那にお願いしますね」

いきなりカノンは家具職人の女房の顔をしてみせた。

「まだ、あの旦那を働かせる気なのか」

シキは呆れたように呟いた。

だがその言葉に含まれる、シキの想いがホタルに届けば良いというカノンの願いを、シキは決して聞き逃しはしない。

だから。

「いいよ」

カノンの願いに、約束する。

「思い切り腕を振るうよう旦那に言ってくれ」

そして、ふと気がついて付け加えた。

「ジンに同じこと言うなよ」

冗談交じりに、だが、かなりの本気を込めて言えばカノンは、再度大笑して「承知しました」と、力強く請け合った。

「……公爵家からのご吉報をお待ちしております」

いつになるか分からないけど。

あの娘に、己の本気を分からせてみせる。

手に入れてみせる。

その時こそ、シキはこの体と精神を癒すことができるだろう。

5

新しい使用人が勤め始めて、あっという間に時は過ぎた。

マツリが慣れるまではと屋敷に通っていたカノンが去ってからだけでも、数えてちょうど一か月が経とうとしている。

しばらくは、長くそこにあった人の姿が消えたことを屋敷自体が憂うように、寂しい空気が満ちていた。

しかしそれも、夏の名残と共に消えかけている。

そして、僅かばかり残る愁いをかき消す勢いで、マツリは今日も元気に動いている。

お勤めに出るのは初めてだと言っていた彼女だが、実際のところよくやっていると言って良いだろう。もちろん知らないことや分からないことは、山ほどある。カノンの穴を完全に埋めることは、簡単ではない。

しかし、本人が貧乏だと語った家でも、令嬢然として優雅に過ごしていた訳ではないのだろう。体を動かすことは苦にならないようだったし、家事自体にも疎くはないようだった。

もの覚えも悪くはなく、一度教えれば、次からはそれをきちんとこなしていた。

大人びた見た目と裏腹な幼い動作はバタバタと騒がしく、最低限に躾けられてはいるものの、優雅とはほど遠い身のこなしはマアサのお小言の対象ではあったが、それでも彼女の存在はカノンの不在を補うのに一役二役は買っていた。

一方のジンといえば、新人らしからぬ落ち着きようで、黙々と仕事をこなしていた。元来寡黙な男であるらしく、陽気な両親のように、気軽にサクラやホタルに話しかけてくることはない。

だが、一時は城の厨房に勤めていたというだけあって料理の腕は疑いようもなく確かで、こちらは古参の料理人の穴をほぼ完璧に埋めていた。

この新しい仲間二人がよく一緒にいる、と先に気がついたのはサクラだった。

「厨房の勝手口あたりとかにね、よく一緒にいるの」

そう言われて、特に意識した訳でもないが、ほどなくサクラの言うとおりであることにホタルも気がついた。

この二人の組み合わせは、遠目にはお似合いの恋人同士にも見えたが、よくよく考えてみれば、年齢差は親子にこそほど近い。聞くともなしにホタルの耳に入ってくる二人の会話は、大抵がマツリが仕事の失敗やら疑問やらを、それこそ子供が父親に報告するかのようにジンに話すというものだ。

それは、一方的にマツリが懐いているように見えなくもなかった。

ジンの迷惑になるようならば、一言言わねばならないだろうかと考えもしたが、ほんの少しでも気をつけてみれば、時折返すジンの言葉や仕草には、こちらも弟妹を思いやるような優しさが含まれており、どうやらこのままにしておいても問題なさそうだった。

「ジンさんは男兄弟ばかりで妹みたいにマツリがかわいいし、マツリは長女なので甘えられるジンさんに懐いている……という感じでしょうか」

結論付けて、世間話のひとつとしてサクラに報告すれば、ジンの作ってくれたお菓子をフォークに差しながら、サクラは頷いた。

「……そんな感じなのかしら」

甘い香りの焼き菓子を口に運ぼうとするサクラのその手が、ふと止まる。

「あの二人を見てると……なんだか懐かしいの」

何かを思い出そうとするように首を傾げて、視線は少し上向き。

「私は気がついちゃいました」

ホタルが最近発見した事実は、多分サクラの気になるそれと一致しているだろう。

「あの二人を見ていると……昔、お屋敷にあったクマとウサギのぬいぐるみを思い出しませんか？」

オードルの奥様のお手製のぬいぐるみのクマは、小さな子供が必死に抱えなければいけないほどに大きな茶色。侍女頭が作ってくれたのは、いつでも片手に抱いて歩けるほどのピンク色のウサギ。

幼いサクラのお気に入りだったそれらは、別々の者によって別々の時期に作られたものなのに、並べるととてもしっくりとお似合いだった。

大きなクマと小さなウサギ。

新しい使用人達は、あの子達をどこか彷彿《ほうふつ》とさせるのだ。

ホタルの言葉は、見事にサクラの疑問に答えたようだ。

思い出すように動きを止めていたサクラは、やがて、ぷっと吹き出す。

「それだわ」

クスクスと声を上げて笑うサクラは、久しぶりだ。

この笑顔のきっかけをくれた二人の存在に、ホタルは感謝した。

最近、サクラは沈みがちだから。

理由ははっきりしている。

カイの外出の頻度が、ここひと月ばかり明らかに増えている。

破魔の剣を携えての遠出は、側近や狩人だけの力では、制することのできない魔獣の存在を示している。

それは、あの魔獣よりも大きく強いのだろうか。

アルクリシュで遭遇した無数の小さな魔と、巨大な魔獣。

思い出そうという意思など欠片もなくとも、その惨劇はサクラの頭を過るだろう。

サクラを庇って傷を負った軍神の姿を、幻に見て表情を沈ませるに違いない。

あの時、血を流したのはカイだったけれど。

軍神以上に傷ついたのはサクラかもしれない。

ホタルはそう思い、サクラに寄り添う。

「……私、あの子達が大好きだったわ」

サクラは懐かしむように囁いた。

『いつまでも幼い子のように、その子達を抱いていてはいけませんよ』

そう言って、厳しい顔の家庭教師が、サクラからあれらを取り上げたのは幾つの時だったろう。

多分、十歳ぐらいだったと思う。

分かっていると頷きながら、それでも溢れる涙を止められない幼いサクラの姿は、ありありと思い出すことができる。

あんなに哀しそうなサクラを見たのは初めてだったから。

ホタルはとても動揺した。

それでも、あの幼い子は、今のサクラほどに辛そうではなかった。

大人になったサクラは、涙は流さないけれど。

穏やかに微笑んではいるけれど。

切り裂かれんばかりの胸の内は、隠しきれるはずもない。

そして、サクラの傍らにいるホタルも、もう幼い子供ではない。

ポロポロと涙を流すサクラの横で、おろおろとしながら必死に背中を撫でることしかできなかったホタルではないから。

「サクラ様、今日は少し汗ばむくらい暖かいですよ」

ホタルは窓から見える青い空にサクラを誘う。

この数日で、季節は驚くほど秋へと移ろいつつある。

「ニキさんが、夏の花が見納めだと」

慰めの言葉はない。

だけど、少しでもその心に陽《ひ》が差すように、と。

ホタルの意図を汲《く》んで微笑んだサクラは。

「行きましょうか」

お茶を終えて立ち上がった。

暖かさに重々しさのない夏のドレスの布地が軽やかに揺れる。まもなく、サクラの纏うドレスは、もう少し重厚さを増すけれど。

サクラの心は、いつだって夏のドレスのように軽く弾めば良いのに。

どれほどの魔獣がこの世界にいるのか、なんてもちろん分からない。

人同士の争いが終焉《しゅうえん》しつつある現在において、軍神はそれでも役目を終えることはなく、戦いに明け暮れる。

サクラはどんなに辛くても、軍神を送り出し。

戻るのをただ待って。

戻れば、笑みと温もりで、男を癒すのだ。

ホタルは、そのサクラを支えたい。

望みはそれだけだ。サクラの誘拐事件以来、その思いはなおさらに強く、他の何も望まないと。

なのに。

どうして。

日常が戻り、こうしてサクラと過ごす穏やかな時間が戻れば。

どうして、こんなに苦しいのだろうか。

痛みを共有しているのだとは言えない。

それを口にするのは躊躇われるほどに、サクラの想いは深い。

ならば、この痛みは何なのだろうか。

深くは考えまいと思う。

深く考えてはいけない気がした。


「……でね、この髪をこちらに持ってくるの」

ホタルはサクラの髪のひと房を三つ編みに編み込み、それでクルリと他の髪を巻く。

それを、神妙な顔つきで見つめながらマツリは頷いた。

「普通の長さだったら、これで大体まとまるわ」

湯浴みを終えたばかりのサクラの髪は、しっとりと湿っている。

常よりもまとめやすいそれを、ホタルから受け取ってマツリが教えられたとおりに結い上げていく。

少し前に、マアサからマツリに髪の結い方を教えるように、と指示された。昼間は何かとバタバタしていて、なかなかに機会がないので、思い切って就寝前の一時に教えることにして、許しを得てマツリをサクラの部屋に呼び寄せた。

たわいもない話をしながらの、余興にも似たこの作業は、夏の激しい雨に、なお表情を曇らせるサクラの気を紛らわせるだろうか。

そんな思いもあった。

「……私、こんなに長い御髪《おぐし》を見るのは初めてです」

マツリは長い髪に四苦八苦しながらも、なんとか髪をまとめ上げた。体を動かすことだけではなく、手先も器用な少女なのだ。

「ホタルが切ってくれないの」

サクラが笑いを含んだ声で、ホタルを非難する。

マツリは結い上げた髪から、ホタルへと視線を移してくる。

「否定はしませんけど」

ことのほかサクラの髪をお気に召している主は、決してそれを切ることを禁じてはいない。

とはいえ、あえて切るようにとは間違っても命じはしない。

いっそ切るようにと命じられればホタルも覚悟を決めるのだが。

主は楽しげに、愛しげに。

長い長い髪を指先で遊ぶ。

それが、いつしかホタルにとっては、捨てがたい光景になっている。

許される限り、ホタルが手をかけ、結うことができる限り、切ることを避けたいと思ってしまうのだ。

「じゃあ、次の結い方を」

言って、ホタルはマツリが結い上げたそれを、あっさりと崩して戻す。

梳いて均《なら》したそこに、次の形を与えようと手を伸ばしかけた。

だが。

「きれい」

素直な感嘆の言葉を零すマツリに、つい手が止まる。

マツリはボーっとサクラの髪を見つめている。

「結うのは大変だけど……この長さに慣れておけば大抵の髪は楽に結えるようになると思うわ」

ホタルは結局次の結い方を教えることをやめた。

まだまだ日はある。

何も今日慌ただしく、教え込む必要はないだろう。

「三つ編みにして、これでまとめて差し上げて」

マツリは元気に返事をすると、再び真剣な顔つきで緩やかに三つ編みを作り上げて、受け取った柔らかなリボンでまとめた。

「……明日は晴れるかしら……」

雨音にサクラが耳を傾ける。

晴れれば良い。

願いつつ外に耳を向けたホタルの頭の中に、晴天よりもサクラを笑顔に導くであろう音が届く。

「サクラ様」

ホタルは、サクラに声をかけた。

そして、バルコニーに近づくと、扉を開け放つ。

風はなく、先ほどまでの激しさを潜めた雨は、まっすぐに静かに落ちて、部屋に降り込むことはない。

空を見上げる。

隣でサクラとマツリも雨空を見上げた。

ホタルの耳に届く音が少しずつ近づき大きくなってくる。

それが音ではなく姿となって視界へと飛び込んでくるタイミングは、サクラもホタルも変わりない。

暗い雨空に、なお黒い衣装を身に纏った軍神が現れる。

「カイ様！」

竜をバルコニー近くに寄せたカイは、浮かぶ背中からサクラの前に降り立った。

跪いてそれを迎え入れながら、ホタルは羽音の時点で気がついていた違和感を、視覚という感覚でも確認した。

「おかえりなさいませ」

俯いていてホタルには見えないが、サクラは心底ほっとしたように笑みを浮かべていることだろう。

そして、その柔らかく穏やかな微笑みは、きっとどんな言葉よりも、戻った男を安らぎの入り口へと導くに違いない。

カイは、ずぶ濡れのマントをバルコニーに脱ぎ捨てた。

現れたのは、光に満ちた剣。

それを無造作に手放した。

ふわりとサクラの髪が舞い上がり、風が巻き上がる。

先ほどマツリがまとめた髪は、突風に乱されて。

だが、それは剣がサクラに戻った証だ。

たとえ、刹那であろうとも。

軍神が剣を手放し、身を休める瞬間の到来。

カイは自由になった両手でサクラを抱き上げた。

「しまった……濡れるな」

呟くカイの首に、サクラの腕が回る。

「おかえりなさいませ」

ホタルは立ち上がり、カイへとタオルを差し出した。

抱かれたままのサクラが受け取り、カイの濡れた髪をそっと包む。

「マツリ、マアサさんにカイ様がお戻りになったとお知らせして。それから湯浴みの準備を」

ホタルに倣って跪いたものの、目の前の光景に呆然としているマツリに声をかける。

マツリは、はっとしたように裏返った声で返事をすると、立ち上がってそそくさと部屋を出て行った。

「……シキ様は？　ご一緒ではないの？」

尋ねたのはサクラだった。

ホタルの心臓が一つ大きく跳ねる。そして、少々早めに鼓動を刻み続ける。

そう、常ならば主と共に戻ってしかるべき側近が、今はここにいない。

竜の羽音が一頭分しか聞こえなかったのは、間違いではなかったのだ。

「所用があるというから、許した」

言葉の少ない軍神は、そうとだけ告げた。

所用、というそれが何なのか。

サクラが尋ねることはなく、もちろんホタルが口を挟むことなどできようはずがない。

ただ、知っただけだ。

あの騎士は帰らないのだ。

どうして？

ふと思い、それを押しやる。

だめ。あの方が、どこで何をしようと関係ない。

考えることとさえ間違っている。

だが、疑問は頭を巡る。

帰らず何をしているのか。

寂しさを紛らわせているのか。

「あの……カイ様？」

カイは濡れた足元を気にする風もなく、サクラを抱いたまま歩き始めた。

どうやら部屋を出るつもりらしい。

主の意図は分からないながらも、自身の思考にストップをかけて、ホタルは慌てて扉を開けた。

「湯浴みは、終えたのか？」

既に夜着に着替えたサクラの姿に気がついているだろうに、カイはそう尋ねた。

「はい」

素直に頷くサクラは戸惑うようにカイを見つめる。

大人しく抱かれていた体が身じろぎ、首に回った腕がおずおずと外れる。

「別にもう一度浴びたところで、問題はあるまい」

主の言わんとしていることに、気がついたのはホタル。

付いていきかけていた足を止めて、扉あたりで二人を見送る態勢に入る。

「……は？」

サクラは何を言われているのか分からないようだった。

ホタルをじっと見てくる。

こういう時に、私に答えを求めるのは、本当に、本当にやめて下さい！

引き攣る笑みを見せたホタルに、サクラはぱっとカイから身を離した。

「……っあの……私、カイ様の部屋で待ってますからっ！」

抱き上げられていては逃げられようもないのに、もがき始める。

口にした言葉は、多分、サクラの最大級の誘い文句に違いないのに。

「俺は待てんな」

カイは口元に悪戯めいた笑みを浮かべながら、もがく細い体を肩に担ぎ上げた。

思いがけず、ホタルに向かい合ったサクラは首まで真っ赤だ。

「ホタル！」

名を呼ばれて、ホタルはさらに引き攣った。

私にいったいどうしろと？

まさか、私ごときにこの主が止められるとでも？

「……えーと……行ってらっしゃいませ？」

と、頭を下げる。

「ホタル！」

それは悲鳴に近かった。

申し訳ありません、サクラ様。

心で一つだけ詫びを入れて、ホタルは部屋に戻った。

サクラの部屋ではなく、カイの寝室の準備をし始める。

側近がいれば、さぞかし嬉しそうにからかったのだろうが。

いない今は、やけに静かに雨音が響くだけだ。

「お手伝いします」

控えめなノックの後に、マツリが顔を覗かせた。

長く主の眠ることのなかったシーツを直していると、ため息の混じった声音でマツリが呟いた。

「本当に……ご寵愛を受けていらっしゃるんですね」

単純な感嘆だけが、そこには含まれているようだ。

ホタルは手を止めて、マツリを見た。

目は潤み、頬は赤い。どことなく心ここにあらず、といった感じだ。

十三歳には刺激の強すぎる光景だったのだろう。

マツリは手だけはきちんと動かしながら、常ならば叱責を恐れて口にしないようなことを呟き続けた。

「サクラ様のお噂はいろいろと聞いていたのですが」

ホタルはそれを咎めず聞いていた。

「……あんなにきれいな方だとは思いませんでした」

つい、笑みが零れる。

素直な少女に、軍神の寵妃が美しく映えるという事実が、ホタルには嬉しい。

「それに……あんなにお優しい方だとも」

称賛の言葉が続く。

「でも……先ほどは、ちょっと、びっくりしちゃいましたけど」

ちらりと見れば、マツリは何を思い出したのか、顔を真っ赤にしている。

湯浴みの準備をするように言ったのは、酷だったかもしれない。

カイのあの様子では、サクラが無事に解放してもらえたとは思えないし。

とはいえ、この少女がどんな場面に出くわしたのか、聞く勇気はない。

「仲睦まじいのはいつものことだけど……今回は少し長くお出かけでいらっしゃったか

ら」

宥めるように言いながら、再び浮かび上がる面影にどうしてか胸が痛んだ。
長いお出かけは、あの方も一緒だ。
もう、随分会っていない。
あの誘拐事件の一件以来かもしれない。
あの方だって、きっと。
疲れた体を癒し、宥めているのだろう。
どこかで。
誰かと。
いや。
何故、こんなことを考えるの？
関係ない。
あの人がどこで何をしようと。
何も。
「……今夜はもう休みましょう」
ホタルは言って、マツリと離れた。

ぼんやりと廊下を歩いて、自身の部屋へと向かう。今夜は、もうサクラから呼ばれることはないだろう。

だから、耳を閉ざす。

早く、部屋に帰って寝てしまいたい。

そんな風に思いながら。

「ホタル？」

突然の呼びかけに、ギクリと肩が竦んだのは、その声が今は一番聞きたくない声に酷似していたからだ。

「大丈夫ですか？」

だけど、まったく違う口調に、それがタキだと気がついて、そっと力を抜く。

タキは屈むようにして、ホタルの顔を覗き込んできた。

「あの？」

問いかけの意味が分からずに、ホタルは首を傾げた。

何も。

大丈夫かなどと、問われる理由はない。

ホタルはいつものとおりのつもりだ。

「……大丈夫ではないようですね」

言うなり、タキはホタルを抱き上げた。

「タキ様⁉」

あまりに突然で、あっさりとホタルの体は宙に浮く。

「大人しくしてなさい。真っ青ですよ」

険しい顔で見下ろされる。

この端整な顔は、こんな表情を作ることもあるのだ。

片割れが見せることのない小難しい表情に、それがホタルをかき乱す方ではないのだと思い知った。

タキは娘一人の重みを微塵も感じさせない歩調で、ホタルを厨房横の小部屋へと連れて行くと、一つの椅子に座らせた。

「若いお嬢さんを落ち着かせるなら、甘いお菓子と紅茶というのが、我が家の定番なのです」

そう言って、手の平にお菓子を乗せてくれる。

そういえば、同じ顔をした方も、この場所で、こんな風にお菓子でホタルを宥めたことがあったと思い出す。

「アイリには太ると余計に怒られたりもしますが……」

この策士殿が愛妻にはまったく頭の上がらないことは、十分に知っているから。

ホタルは小さく笑いを零した。

「貴女はもう少しふくよかにおなりなさい……小さな子供を抱いているようでしたよ」

タキは柔らかな口調で言いながら、ほらとばかりに菓子の入った籠ごとをホタルに寄せた。

そして、温かなお茶を差し出してくる。

恐縮してそれを受け取りながら、重なる過去の光景を振り払う。

温かいカップを手にして、自分の指先がひどく冷えていたことにホタルは初めて気がついた。

「貴女は遠耳なのだそうですね」

何の気負いもなく、さらっとタキが呟いた。

なのに、身が強張ってしまうのは、どんなに言われても、やはりこの力を誇る気になれないから。

「シキから聞き出しました……あいつは案外口が堅いので、苦労しましたよ」

さりげない言葉にシキを庇うものがある。

「今、シキは妹に会いに行っています……貴女が教えてくれた情報をもとに見つけ出した妹を」

ああ、そうなのか。そういえば、妹君が見つかったと言っていた。忙しくて迎えに行けないと、そう零していた。
そうなのか。
あの人は、誰かではなく。
妹君の元にいる。
ほっとして。
それがまたホタルを傷つける。
どうして、安堵の息をつくのか。
「また、我が家へおいでなさい。母も会いたがってますよ」
ホタルは首を振った。
そういう身分ではない。
だって、ただの侍女なのだから。
あれは特別な状況だったのだから。
「ホタル」
タキが呼ぶ。
ホタルは顔を上げた。
目の前に、シキによく似ているはずの、だが、まったく違う方の顔がある。
「貴女のような遠耳は、初めて見ます」

微笑むそこに、言葉の真意は見当たらない。

ただ……この男は、ホタルの力の使い道を、いくらでも知っているに違いない。きっと、あの父親以上に。

いや、あの父親よりも、よほどこの力は有意義に使われるだろう。

「私でお役に立つならば、なんなりと……」

気がつけば、そう呟いていた。

「貴女をそのように利用するつもりはありませんよ」

タキは心外だというように、はっきりと告げた。

「貴女はサクラ様の大事な侍女ですから」

優しい言葉だ。

何よりもホタルが望むような言葉。

こんな風に、望む言葉をくれるところは、とてもよく似ている。

小さな声でお礼を言いながら、ホタルはお茶に口をつけた。

「ところで」

目の前で同じようにお茶を飲みながら、タキが何でもないことのように尋ねてくる。

「シキをどう思いますか？」

その真意は分かりかねた。

だが、一瞬、カップの中のお茶が揺らいだ気がした。

「あれもいつまでもフラフラとして、公爵家跡取りの自覚がない」

ホタルの動きに気がついたのかは分からない。

タキは、同じように平坦《へいたん》な口調で続けた。

「というのは、父の言葉ですが……確かに少々自覚に欠けるようですね」

カチャリと小さな音を立てながら、タキのカップがテーブルに戻る。

「シキは貴女に興味があるようです」

興味？

それは？

タキの言う意味は、何なのか。

「貴女はシキが今まで相手にしてきた方々とあまりにタイプが違うので油断していたのですが」

タキが探るようにホタルを見つめてくる。

ホタルは、カップをテーブルに置いた。

茶色い波が揺れぬように、そっと。

「貴女はシキをどう思っているのでしょう？」

どう？

シキが興味を持っている。
では、貴女はどうなのか。
目の前の方は、そう尋ねているのか。
「どう、と言われましても……考えたことがありません」
これは、嘘？
本当？
考えたくない。
考えないようにしてきた。
そして、答えはもちろん出していない。
どうか。
ホタルが出さないその答えを、この聡明《そうめい》な方が見つけませんように。
「では、お気をつけなさい」
タキは言った。
ホタルの言葉の奥を見ることを、あえて避けたようなあっけなさで。
「はあ」
気を張っていた分、少々間抜けな答えを返してしまう。
だが、それがむしろホタルがこの話題に気がないように見えたようだ。

タキは諭す年長者のしたり顔をしてみせた。

「はあ、ではありません。嫁入り前の大事なお嬢さんに何かあったら……しかも……」

タキは何か言いかけてやめた。

声にならないものは、ホタルには知れない。

だから、この時は、タキが何を言いたかったのかは分からなかった。

「気をつけます」

ただ、そういう答えでいいのだろうか、とそれを心配した。

いつかは、正しいと思った言葉が、シキを不機嫌にさせた。

今度の答えはこれであっているか。

「大丈夫です。私、立場を弁《わきま》えております」

何も。

考えない。

答えはこれ以外にない。

あの方は、ただ同じ屋敷に勤めるだけの……そう目の前の方と何ら変わりない。

だから、この答え。

「いや、ホタル、そういう……」

ホタルの答えにタキは眉を寄せて、何やら言葉を続けようとした。

だが、それを久しぶりに聞く声が遮った。

「おや、ホタルじゃないか」

レンだった。

ホタルは救われた気分で、

「もう、お加減は良いのですか？」

尋ねて微笑んだ。

レンは頷きながら。

「もう、すっかりね。この休養で、ますます太ってしまったよ」

そう言って、ホタルの横に座った。

「ホタルがシキ様ではなく、タキ様とご一緒とは珍しい」

質問に他意はないだろう。

だが、ホタルは思わずタキを見た。

「私だって、たまには若いお嬢さんと話がしたいと思うんだよ」

レンは笑いながら、タキがホタルにと差し出した茶菓子を口に一つ放り込んだ。

太ったと言いつつ、それをどうにかしようという気はないようだ。

「そういえば……シキ様はお戻りにならなかったようですねえ」

のんびりとした口調のそれに、タキは負けないのんびりさで答えた。

「ちょっとね」

レンは身を乗り出した。

「……いよいよご結婚なさるのではという噂を聞きましたよ」

トクン。

心臓が煽られた。

別に驚くことではない。

同年のタキもカイも妻がいる。シキにそんな話があっても、何ら不思議はない。

「そんな噂は昔から事欠かないよ」

タキは苦笑いを零して呟いた。

「私、そろそろ部屋に戻ります」

ホタルは立ち上がった。

「ホタル」

タキが声をかけてくる。

さっきはよく似ていると思ったのに。

その声は、まったく違って聞こえた。

「……おやすみ」

何を言うのか見つめる先、タキは、結局そう言っただけだった。

「おやすみなさいませ」

答えて、部屋を後にする。

泣きたい気分だった。

だけど、泣く理由なんてないはずだった。

だから、ホタルは唇を噛みしめて、シーツの中に潜り込んで。

ひたすらに眠りが訪れるのを待った。

6

シキの言葉も、タキの言葉も考えないようにすることが、日々を変わることなく過ごしたいと望むホタルができるただ一つのことだった。

そして、その術を、ホタルは知っている。

簡単なことだ。

サクラのことを考えればいい。

今日のサクラ様のドレスはどれにしよう。

天気が良いようなら、庭にご一緒しよう。

そんなことを考えればいい。

そうすれば。

「ホタル？」

そのはずなのに。

名前を呼ばれて、ホタルは自分がサクラを目の前にしながら、物思いに囚《とら》われていたことに気づかされる。

「何か心配事？」

心配事なんてない。

こんな風に気遣われることなど、何もないはずなのに。

サクラはじっとホタルを見つめている。

「……庭に行きましょうか」

やがてそう言って立ち上がった。

以前、出征中の軍神を思って沈むサクラを庭に誘って慰めた。

すると、やはり、サクラのこれも慰めだろうか。

慰めが必要なほどに、私は目に見えて沈んでいるのだろうか。

秋口の庭は、春夏とは違うものの、それでも華やかに色付いていた。

だが、しかし、それよりもなおホタルを引き付けたのは、遠目にもはっきりと見て取れるその存在。
　庭の片隅に立っている騎士だった。
「シキ様。お帰りになったのね」
　サクラが呟くと、それが聞こえたようにシキが振り返る。
　久しぶりの姿に、意味も分からないまま鼓動が跳ね上がる。
　また少し髪が伸びた？
　いくらかお痩せになった？
　それほどにお忙しいのか。
　一旦跳ね上がった心臓が、今度はズキンと痛みを訴えた。
　どうして。
　いいや。
　この痛みは納得できるかもしれない。
　心配なだけだ。
　誰だって、見知った者が疲れ、やつれた様子を見せれば心は痛む。
　こんな風にだってなるだろう。
　遠くのシキは傍らにいたタキに何かを告げた。
　無意識にも閉ざすホタルの耳に、その言葉は聞こえない。

タキが頷くのだけが見て取れる。

シキが、こちらへと近づいてくる。

サクラに帰還の挨拶をするのだろう。

ホタルは、サクラから一歩下がった場所で膝を折って頭を下げた。

ざわつく心など素知らぬ風に、体は侍女としての所作を完璧にこなす。

「ただいま戻りました」

礼を終えて顔を上げたホタルの目に、サクラの前で膝をついて頭を下げるシキの姿が映る。

騎士としての、主君の寵妃へのごくごく当たり前の礼。

もっともサクラが恐縮してしまうので、この屋敷においては滅多にお目にかかることはない。

「おかえりなさいませ」

サクラは答え。

「……あの……立って下さいませんか?」

やはり困ったように、シキに請う。

シキは顔を上げた。

近くで見るシキの面は、やはり記憶にあるより少し頬が削《そ》ぎ落《お》とされているようだ。

「お願いしたいことがあります」

「お願い？」

サクラの表情は、さらに戸惑いを深めた。

「ホタルをお借りしたいのです」

サクラの背後、ホタルは体を震わせた。

何を言うのだろう。

思わず、タキがいた方を見やる。

先ほど二人の男が立っていた場所には、もう誰もいない。

「ホタルをですか？」

「はい」

サクラが振り返ってホタルを見た。

自分がどんな表情をしているのか分からないまま、ホタルは小さく首を振って拒否を示す。

拒否してしまってから、己がそんな身分ではないこと、拒否する方がよほどサクラの不審を煽るだろうと気がついた。

「よろしいでしょうか？」

尋ねて、サクラの返事を待つことなく、シキは立ち上がった。

返事を返す代わりに、サクラは身をずらしてシキとホタルを対峙《たいじ》させる。

サクラという小さな盾を失って、ホタルの目の前はシキだけになる。

まっすぐに見つめてくる碧の鮮やかさに耐えきれず俯いた。

「……夕暮れまでにはお返しいただけますか？」

サクラが動き出す。

行きたくないと縋りたい思いを抑えて、ホタルはそこに留まった。

「間違いなくお返ししますよ」

パタパタという足音に、そっと視線を上げれば、マツリが駆け寄ってくるのが見えた。

相変わらず、手抜かりのない。

現れた幼い侍女が、サクラの傍らに辿り着いたのを見届けて、ホタルは逃げ道のないことを悟った。

行きたくないという気持ちに、足が動かずにいると、ぐっと腕を掴まれた。

「おいで」

口調は相変わらず穏やかで。

腕を引く力が、有無を言わさず強いのも変わらない。

半ば引きずられるようにして連れて行かれたのは厩舎《きゅうしゃ》。

庭師が馬の轡《くつわ》を握って待っていた。

「……っシキ様⁉」

いきなり、シキは屈み込みホタルを肩に担ぎ上げた。

一瞬の浮遊感の後、馬の背中にストンと乗せられる。

まるで何も入っていない麻袋を乗せるかのように、軽々と。

啞然とするホタルの背後にシキが軽やかに飛び乗ると、馬はすぐにも走り出した。

慣れない馬の動きに体が揺れる。

トンと背中に当たるそこがシキの胸であることに、体以上に心臓が揺れ動く。

できるだけ、シキから離れるように前に屈み込み、馬のたてがみにしがみついた。


着いた先はスタートン邸だった。

乗せた時と同じように軽々と、シキの手によってホタルは馬から降ろされる。

腕を引かれて導かれたのは、屋敷の中ではなく庭。

そこに、知らない女性が一人。

質素な身なりと化粧気のない面。公爵家の庭先にはそぐわない姿ながら、そこに凜《りん》と立っている。

そして、金髪と碧眼《へきがん》のその色彩には、見覚えがあった。

それは、今ホタルの傍らに立つ男と、とてもよく似ていた。

「貴女がホタルさん？」

女性が奏でる声。

知っている。

この声は。

いつかは遥《はる》か彼方《かなた》にあった声。

気がついてホタルは膝を折った。

「初めまして、ケイカです」

間近に聞くそれには僅かな棘もない。

にこりと微笑むそこに一片の蔭《かげ》りもない。

それは、この女性が不本意な形でここにいるのではないことを、ホタルに伝えている。

ケイカはゆっくりと歩き出した。

シキにそっと背中を押されて、ホタルはその後ろに続いた。

「……この庭、私がここにいた頃と変わってないの」

ケイカが庭を見渡して呟く。

「私の部屋だった場所も……何一つ変わってなくて驚いたわ」

それは、スタートン夫人の内では、五年前と何も変わっていないからだ。

十八歳の娘は、今もこの屋敷にいて。

ちょっとした諍《いさか》いで、拗ねて部屋に閉じこもってしまっただけ。

だから、何も変わらない。

本当なら、五年の間に様々なものが変化するのは当たり前なのに。

だから、この目の前の女性は、十八歳の娘ではないのも当たり前。

五年前のこの方が、どんな風だったのか。

ホタルはもちろん知らない。

だが、穏やかな口調で話す女性は、紛れもなく大人の強かさで満ちている。

それを五年前から変わることのできない夫人と屋敷はどう受け入れたのだろう。

「私、ここには戻るつもりはないの」

ケイカは足を止めて、ホタルに向き直った。

迷いのない碧眼は、ホタルとシキを交互に見つめた。

「私は……自分の生きる場所を見つけてしまったから」

視線が懐かしむように、庭を見渡す。

「ここは、もう、私の生きる場所ではないから。……でも」

ホタルに戻ってきた瞳が微笑んだ。

「私を見つけてくれてありがとう」

労働に慣れた、貴族の令嬢のものではない指先が、ホタルの手を握る。

「もう一度ここへ来る機会を与えてくれてありがとう」

ホタルは何も言えない。

礼を言われても、結局、この方が戻らないのであれば、救われないのではないか。

娘を想う母も。

母を想う息子も。

「母様！」

離れたところで、小さな子供の声が響いた。

この声にも聞き覚えがある。

見やれば、三歳ほどの子供が、がっしりとした男性の肩にちょこんと座って、ケイカを笑いながら見ている。

「アキ」

ケイカは二人の方へと駆け寄る。

ホタルの横をすり抜けていく女性からは、潮の香りがした。

「ホタル」

シキが名を呼ぶ。

その顔を見ないまま、ホタルは呟いた。

「奥様は大丈夫なのでしょうか？」

「ホタル、見てごらん」

促されて、ケイカが走っていった方を振り返る。

笑い合う親子の傍らに、老夫婦が歩み寄っているのが見えた。

微笑みながら。

老婦人が、男の肩にいる子供に手を伸ばす。

子供は無邪気に、その手に向かって身を滑らせた。

スタートン夫人は子供を抱いたまま、ホタルへと近づいてくる。

ホタルは、礼で彼女を迎えた。

「ホタルさん」

顔を上げれば、そこにある笑みはホタルが恐れたものではなかった。

現実感に満ち満ちた穏やかな微笑み。

「……ケイカはここには戻らないそうよ」

その言葉に絶望を感じさせるものはない。

「でも、今までとは違うわ」

夫人の隣に、初めてお目にかかる公爵と、若い夫婦が並んだ。

夫人の腕にいる幼子が、祖父の口髭《くちひげ》に無邪気に手を伸ばす。

常は威厳に満ちてもいよう公爵は、目を細めてその手が髭に触れるのを許していた。

「私達、ちゃんと分かり合って認め合っているの」

夫人は子供を、ケイカに渡した。

そして、自由になった両手で、ホタルの手を握る。

「ありがとう」

ケイカの声を聞いた時と同じ言葉。

「私達を助けてくれて……ありがとう」

ホタルは泣きたくなった。

哀しいのではなく。

辛いのではなく。

嬉しくて、泣きたいなんて。

「……私こそ……ありがとうございます」

答えていた。

ただただ嫌いなこの力。

サクラ様を見つけられなくて、なおさらになくなってしまえば良いとしか思えなくなっていた力。

私の力がこんな風に役に立つのだと教えてくれて。

「ありがとうございます」

心からの言葉を口にした。

夕食を一緒に、と勧める夫人に丁寧な断りを入れるホタルを、シキは次回を約束する形で母親からなんとか引き離して屋敷から連れ出した。

ここまでの道のりは少しでも早い方が良いと馬を使ったが、帰りは馬車を用意する。今回は、きちんと御者が御者台に座っているのを見て、ホタルはほっとしたようだった。

扉を開けて手を差し伸べれば、ホタルは素直に従って車に乗り込む。

シキはホタルに続いて馬車に入ると、ちょこんと腰掛けている娘の隣に座った。

「一人で帰れます」

相変わらず頑なだ。

「きちんと奥方に返さないとね」

ホタルの逃げを、そんな言葉でサラリとかわし、シキは馬車を発進させた。

しばらくは車輪の回る音だけが、車の中にリズムを刻んでいた。

少しして、ぽつりとホタルが呟いた。

「この力は嫌いです。でも、今日は少し好きになれました」

ホタルが己の力に嫌悪——いや、もしかしたら憎悪、に近い感情を抱いていることには気がついていた。

力の話が出ると、この娘は限りなく無表情になる。その中に見え隠れするのは、哀しみと苦しみのみだ。

「それは良かった」

あの夜、庭の片隅で抱きしめた娘が語ったのは、独白に近かった。

サクラへの行き場のないホタルの想いを放つために語らせたことだったから、ところどころ事情の分からない部分があっても、あえて口を挟むことはなく聞き役に徹した。

サクラという存在が、ホタルにとってどれだけ大きなものか。

思い知りながらも、ホタルがぽつぽつと話すのを聞いているうちに、ふと思い出したことがあった。

ホタル・ユリジア。

ユリジアというのは、あの騎士と同じ名だ。

ホタルは、あの男の娘なのだ、と気がついた。

そうは言っても、シキはホタルの父である男と面識はない。

ただ、平民から騎士号を手に入れるまでになった優秀な男だと、言ってみれば立身出世の代表者のような名として記憶している。

剣の腕前はもちろん素晴らしいものだったが、とにかく情報通な男だったと伝え聞いている。

ホタルから零れ落ちた告白からすれば。

父親は娘の遠耳を利用したということになるのだろうか。

まだ、幼い娘に――特殊な能力を持つとはいえ、国間の事情など分かるはずもない幼子に、敵方の政情を聞くよう命じたのか。

それは、なんて残酷なことか。

戦乱にあった各国の王や宰相達は、どれほど残忍で汚れた会話を交わしたのだろう。

幼いホタルは、どんな想いでそれを聞き、父親に語ったのだろう。

己ならば、絶対にそんなことはさせない。

幼い少女に、まして愛しい者に、そんなこと聞かせたくはない。

力は力としてそこにある以上、それは変えようもない。

それを強い意志を以《もっ》て、駆使するならばそれも良いだろう。

だが、この娘は違うはずだ。

「君は私達の恩人だ」

そうだ。

こんなに優しい力なのに。

それを厭《いと》い、卑下することしかできないなんて。

「本当に感謝している」

ホタルは、驚いたように目を見開き、やがて嬉しそうに微笑んだ。

零れ落ちるように。

花開くように。

いつか、いまだ咲き誇らず、と思った娘は、確実にその時を迎えつつある。

それを手に入れたいという欲求は膨れ上がるばかりで。

「シキ様」

ホタルがシキを見上げる。

狭い馬車の中。

あまりに近いホタルの存在。

馬にするべきだったと、シキは正直悔やんだ。

「おかえりなさいませ……ご無事のご帰還、心よりお喜び申し上げます」

シキの欲望に本当に僅かにも気がつかないのだろうか。

それとも、この打ち解けきらない態度は牽制《けんせい》なのか。

「もう少し……打ち解けてくれないものかな」

誘いをかけてみる。

ホタルは少しの間を空けて、首を振った。

「そういう訳には……もう十分すぎるほどシキ様には、よくしていただいてますのに……これ以上甘えることはできません」

まっすぐな答えに、前者だと知る。

気がつかないのだ。

シキの想いに。

欲望の所在に。

だったら……教えてみる？

「ホタル」

シキはホタルの頬に手の平を当てた。

柔らかな感触が、剣ばかりを握っていた指を、シキの想像以上に刺激する。

「そういう侍女然とした対応は……私を落ち込ませる」

ホタルは手を拒みはしなかった。

いや、心では拒否しているのかもしれない。

しかし、慣れていない侍女は、無礼なくこの手を退ける術を知らないのだ。

「君は私にとって侍女以上だ」

この手をどうするか。

次は……どこを触れる？

「私はサクラ様の侍女です。それ以上はありません」
指先を頬から顎に滑らせるか？
手の平を背中に回すか？
引き寄せて、キスをしたら……唇だけでなく、その肌の至る場所に口づけたら。
そこから、この娘に伝わるだろうか。
シキの想いが、どんなもので、どれほどのものか。
だが、結局、そうはしなかった。
そうでなくても、目の前のホタルは不安げにシキから離れていくことを願っている。
「……君は頑固だなあ……」
結局そう言って、頭をポンポンとはたいた。
ホタルの表情が少し和らいで。
シキは微笑んでみせれば、小さな笑みさえ見せてくれた。
まだ。
今はまだ、ホタルの笑顔を優先させることができる。
もう少し。
そんな余裕がいつまであるのか分からないけど。
まだ、大丈夫だ。

第四章

1

「縁談？」

それは、ホタルにとってあまりにもいきなりな話だった。

「……そうなの」

答えるサクラの方も、その顔にははっきりと困惑を浮かべている。

「私に、ですか？」

尋ねてから、間抜けな問いだと思った。

サクラとホタルしかいない状況で。

「縁談があるの」

とサクラが言えば、言う本人は既に人の妻なのだから、普通はホタルの、ということになるだろう。

しかし、あまりにも唐突過ぎて、それが自分自身への話だとは思えないのがホタルの正直なところだ。

一方のサクラは、ホタルの抜けた反応に笑いもせず、戸惑いと神妙さの入り混じった複雑な顔つきで頷いた。

「マアサから話があったの。ホタルを……」

そう続けてから、ほんの少しの間をおいて。

「ジンのお嫁さんにって」

サクラの迷いが、その微妙な間に含まれているように思えた。

ホタルはサクラの口から出てきた名前を、心で反芻《はんすう》する。

ジン。

一瞬、浮かんだのは祖父。

そんな訳がない。

となれば、マアサの息子のジンに違いない。

その相手もまた、あまりに予想外だ。

祖父と同じ名に懐かしい想いを抱くことはあっても、特別な感情があろう訳はない。

大体、サクラの食事の好みなど何度か聞かれはしたが、それ以外の会話などほとんどしたことがないのだ。

悪い人間ではないということは承知しているが、それ以上のことは何も知らない。

もっともホタルにとっては、相手が誰であろうと、それはさして問題ではない。

「結婚なんて……しません」

そう、しない。

できるはずがない。

この身はそれを許されない。

「私、一生サクラ様のお側にお仕えするんです」

過去に封じた苦しみと悲しみが、強固な扉を破って飛び出しそうになるのを押しとどめて、それだけを言葉にする。

サクラは、じっとホタルを見つめていた。

ホタルの真意を探ろうというよりは、サクラの言葉によってホタルが傷ついたり困ったりすることがないようにという気遣いの視線だと知っているから。

「そう決めてます……サクラ様もそう望んで下さいますよね？」

なるべく明るい口調を心がけてそう告げた。

だが、サクラは、また、迷うようにふと視線を下げる。

薄く紅を引いた唇が揺れて。

「そうしていいって」

ようやくそう言う。

「はい？」

サクラの言葉の意味が分かりかねた。

そうしていい。

許諾の意味のそれは、何をそうして良いと言っているのか。

「結婚してからも、今のままお勤めしていいって」

意を決したように顔を上げて、はっきりとサクラは言った。

「ここにお勤めしたまま、ジンと家庭を築けば良いって……そうマアサは言ってるの」

確かにマアサ自身が結婚し子供を抱えながらこの屋敷に勤めているのだから、その条件は不思議ではないのかもしれない。

しかし、言いながら、サクラの顔は決して明るくはない。

ホタルも、それを聞かされたからといって、心は一つも晴れはしない。

明らかに、めでたい話をしている空気ではないものが二人の間に広がる。

「……タキ様からも、悪くないお話だと」

サクラはそう続けた。

サクラに他意はないだろう。

タキという信頼のおける人物が、この婚姻に賛成の意を示していると、そう言っているだけだ。

しかし、タキの名前が出たことに、ホタルはひどく動揺した。

先日の会話が、一瞬にして細部まで思い出される。

ホタルに興味を持つシキを、公爵家の跡取りの自覚がないとそう言った。

もちろん、ホタルはシキと……などと大それたことを考えたことは一度としてない。

あの時だって、己の身を弁えているとそう答えたではないか。

だが、タキはホタルを遠ざけたいと考えているのだろうか。

誰かに嫁がせてしまいたいと？

だから、この話を勧めるのだろうか。

シキが興味の対象に手を伸ばす前に。

ホタルがそれを受け入れる前に？

そんなことあり得ないのに。

そんな心配は不要なのに。

多くの大好きな人が、ホタルにはいる。

サクラのことは愛していると言って良い。

だが、一人の男性を愛して、家庭を築き、家族を成すなんてことはホタルにはあり得ない。

そういう意味ならば、ホタルは誰も愛さない。

そういう意味ならば、誰もホタルを愛さない。

誰も。

そう、誰も！

だって……だって、この身は呪われているのだから！

「結婚なんてしません！」

思いがけず、鋭い声が出た。

サクラが驚いたように目を見開く。

「すみません……」

はっとして、詫びながら。

「でも、しません」

もう一度、そう言う。

だが、違う、と思う。

しない、などと意思を口にすることさえ憚られる。

「結婚なんて……できません」

そうだ。

これが相応しい。

できない。

絶対に。

この身が、誰かに愛されるなど。

この身が、何かを育むなど。

許されない。

「ホタル？」

サクラが眉を寄せる。

止めなければ。

そう思うのに、一度飛び出してしまった言葉は止められない。

胸の奥にしまい込んでいたもの。

サクラによって、いくらも癒されて、奥深くにしまい込んでいられたものが扉を突き破る。

「私、そんな資格ありません！　マアサさんやジンさんだって、私のことを知れば、そんなこと望むはずがありません！」

そうだ。

誰だって。

ホタルがこの世に生まれ落ちた理由を知れば。

この身に流れる呪われた血を知れば。

ホタルを忌み嫌い、触れたいなどと、思わないだろう。

あの方だって。

ホタルを好きだという、その意味をあえて考えないようにしてきた。

優しさも慰めも、そこに想いがあるとは思わないようにしてきた。

だって、受け入れることのできない想いだ。

身分だけではない。

何よりも、この身にその資格がないのだから！

「サクラ様だってご存じでしょう⁉　私が……」

「ホタル！」

今度はサクラが激しい声でホタルを止めた。

ホタルははっとした。

泣きそうな顔のサクラが目の前にいる。

ぎゅっと小さな拳がドレスを握った。

唇が震えながら言葉を綴る。

「お断りするわ」

小さな声で、だがはっきりと。

そして、強く。

「でも、ホタルに資格がないからじゃない」

そう続ける。

「ホタルがジンを好きではないから……だから、だわ」

いいえ。
ジンは嫌いではない。
祖父と同じ名前の、多分とても優しく誠実な男だ。
私が嫁いでいい人ではない。
そうだ。
理由はそれだけ。
私には許されないことなのだ。
それ以外に、理由などない。
ないはずなのに。
どうして浮かぶのは……あの方なのだろう。
どうして、今この時に、あの人が言う『好き』という言葉がこんなに痛いのだろう。
「ホタル？」
サクラの声が優しさを含む。
そして、ホタルは泣いていることに気がついた。
急いで手の甲で拭きとろうとすると、それをサクラの手に止められる。
「泣かないで……って言わないから」
サクラの指がホタルの涙を掬《すく》う。

「これは私のための涙ではないから」

ポタポタと滴となって、涙が床に零れ落ち幾つものシミを作っていく。

「これは……ホタルの想いだもの」

サクラのためではない涙。

誰のためでもない、ホタル自身の想いが溢れて零れる。

「……だから、いくら泣いても良いの」

どうして。

止まらない。止められない。

「……っサクラ様」

腕を伸ばし抱きつけば、小さく柔らかな体が受け止めてくれる。

「その涙は……誰を想って流れるの？」

問いかけには答えることはできない。

ただ、前の私はなんて楽だったのか、と。

毎日、サクラ様のことだけを考えていれば良かった。

嬉しいこと、楽しいことがたくさんあった。

辛いことも寂しいことも。

だけど。

それでも。

こんなに苦しくはなかった。

痛くはなかった。

サクラ様のことだけで泣いていれば良かった私は、なんて幸せだったのか。

こんな涙はいらない。

こんなのは……どうして。

「ホタル」

サクラは気がついているのか。

ホタルが何を、誰を思って泣いているのか。

「……ホタルは変わったもの」

サクラが言う。

「ねえ、気がついてる？」

ホタルの体を抱きしめながら、サクラは柔らかく問いかける。

「ホタルね。体が丸くなった」

ホタルは首を振った。

「前は子供みたいだったけど、とても……とても女性らしくなった」

また、首を振る。

いらない。

そんなの。

女性らしい体なんて。

女性として愛されたいなんて。

望んでない。

望んで良い訳がない。

「仕草も表情も……変わったもの」

何度も、何度も。

首を振る。

「ホタル……どんなに否定しても、私、気がついてしまったの」

それでも、認める訳にはいかない。

認めてしまったら、サクラの側にさえいられない、きっと。

だから。

何も言わずにただ、涙を零すことしかできない。

「……ごめんね、ホタル」

何故、サクラが詫びるのか。

「気がつくのが遅くてごめんね」

ホタルは壊れたように、首を振り続ける。
「ごめんね……何もしてあげられなくて」
何も？
いいえ、そんなことはない。
こうして側にいてくれる。
こうして一緒に。
そして、気がついた。
ホタルだって何もできなかった。
サクラの想いを分かっても、何もできなくて。
ただ一緒の思いを共有したいと願っただけだった。
サクラもそうなのか。
「ホタルも……こんなふうに苦しかった？　切なかった？」
頷いていいのだろうか。
それはこの想いが、サクラのそれと同じだと認めることになるのか。
「……ホタル、私、ホタルが好き」
ホタルだって。
サクラが好き。

「ホタルに幸せになって欲しいの」
ホタルもサクラの幸せを願ってる。
同じようにサクラも？
「何がホタルの幸せ？」
分からない。
何も求めてはいけない身。
なのに、この心は求めているのか。
何を？
誰を？
分からない。
分かりたくない。
だけど、多分、もう間に合わない。
それは明らかになりつつある。
どうすることもできないのに。
ただ、確実にはっきりと。
ホタルはただ涙を零す。
何も否定できないのに、首だけを振り続け。

サクラはただホタルを抱きしめていた。

2

ようやく空に光らしきものが浮かび上がる、夜と朝とが完全に入れ代わる少し前。

それが、ホタルの目覚める時間だ。

もっとも、今日に限って言えば目覚めたという清々《すがすが》しさはまったくない。

昨夜はほとんど眠れなかったから。

泣いて腫れてしまった瞼を濡れたタオルで冷やしながら、巡る思いと想いを押しやる
——シーツの中で寝返りを打つばかりの一夜。

空がうっすらと白くなってきた時は、やっと朝が来たとほっとした。

体を動かせば、意味のない物思いから解放されるだろう。

手始めに、いつもよりよほど乱れてクチャクチャのベッドを降り、ざっとシーツを整えた。

そして、寝間着を脱ぐ。着慣れた紺色の侍女の衣服を手にして、ふとそこにある鏡を見やった。

薄手の下着を身につけた自分自身が、寝不足を隠せない顔でこちらを見ている。

指先で首筋と鎖骨を辿り、さらにそっと胸元に触れる。

鏡の中、豊満とはほど遠いものの、ふっくらと丸みを帯びた膨らみが白い布地を押し上げている。

『ホタルは変わったもの』

サクラの言葉を思い出す。

確かにこの体は、こんな丸みを帯びていただろうか。

サクラとはまったく違う——もっとギスギスと骨ばった、子供のような体ではなかったか。

いつからだろう。

ホタルとサクラの体つきに大きな違いが顕《あらわ》れたのは。

出会った頃、二人の間に、さほど体格の違いはなかった。

むしろ、幼い頃には、髪や肌の色、目鼻立ちもまったく似ていないのに、皆が口を揃えて『そっくり』と言うほど二人は似通っていた。

多分にそれは、ホタルがサクラに傾倒していたためだろうとは思う。

だって、ホタルはそう言われることが、とても嬉しかったから。

だから、体つきが似ていることはもちろんだったが、所作や仕草までも無意識に似せていたように思う。

それから、ずっと、同じように成長してきた。

いろいろなところで二人の間に身分という違いがあることを知らされることは多かったけど、時の流れによる成長は平等に訪れていた。

だが、いつからか違ってしまった。

あれは……そうだ。

初潮が訪れた頃からだ。

それも、二人はほぼ同時期に始まった。

あれから、変わっていったのだ。

サクラの体が丸みを帯び、柔らかさと艶やかさを増していくのに、ホタルは何も変わらなかった。

手足が長く、スラッとはしていても、そこには柔らかさやまろやかさはなく、いつまでも少女じみていた。

サクラが体と共に仕草や心も女性として愛される存在へと変化していくのを眺めながら、ホタルはそれを拒否したのだ。

そんな資格はないと。

だから、そんな体は必要ないと。

そんな頑なな拒否を、体は受け入れたのか。

サクラとホタルの違いは広がっていって。

やがて誰も二人を似ているとは言わなくなった。

だけど、それで良かったのだ。


小さくため息をついて、服を身につけて部屋を出た。

朝食までには、まだ時間がある。

少し頭を冷やそう。

昨夜一晩かかって冷やせなかったものを、どうしたら冷やせるかと考えて、ひとまず庭でも歩いてみようと思い立つ。

幸いなことに季節は冬の入り口。

春や夏に比べてこの時期は、地中でひっそりと時を待つ幼虫の蠢きや、冬ごもりに向けて慌ただしく食べ物を集める獣の足音なんていう、探さなければ出会えない、そして次なる季節に備える逞《たくま》しい営みに溢れている。

そんな音を聞けば、行き場を見失って立ち尽くすホタルの心も何か見つけられるかもしれない。

決めて、厨房に向かっていた足を止め、方向を転換する。

中庭に向かうために廊下の角を曲がったところで、俯き加減のホタルは何かに出くわした。

「おはよう。随分と早起きなんだな」

頭上から落ちてくる声に、頭の中が真っ白になる。

この声は、もはや聞き間違えるはずもない。

「ホタル⁉」

どうして、こんな時に会ってしまうのだろう。

ずっと、まともに顔を合わせることなどないほどにお忙しかったではないか。

何故。

どうして。

こんな時に。

「ホタル！」

腕を摑まれる。

ぐっと引かれて、トンと体が当たったのはその人の胸だった。

「いきなり逃げるのは……あんまりじゃないか？」

そう言われて、ようやく自分が何をしたのか気がついた。

どうやら、挨拶一つすることもできずに、走り出してしまったらしい。

「おいで」

腕を捕らえられたまま、背中を押されるようにして、近くの扉の内に引っ張り込まれる。

乱暴とまではいかないまでも、強い力に振られるようにして部屋に放られた。

倒れ込まずに済んだのは、壁に背中が当たったからだ。

頭の両脇に腕で囲いを作られて、あっさりと囚われの身になる。

ギクリと強張ったまま身動き一つできなくなった。

あまりに近すぎる場所にシキがいる。

「……で？」

こんな近くでサクラ以外の声を聞いたことなどない。

それほど近い声に、顔を上げられず俯いたままでいると、思いがけず強引な指が顎を摑んで上を向かせる。

これもまた冗談では済まされない距離に、シキの顔があった。

「何故いきなり逃げられるんだ？」

凄《すご》まれる。

こんな顔もするのだ。

いつものんびりと構えた表情ではない。タキが時折見せる厳しい表情にも似ていない。

初めて見る姿は……正直、かなり怖い……かもしれない。

「……申し訳あ……」

シキの拳が、ホタルの顔の横の壁を叩く。

ダンッ！　と激しい音がして、ホタルの肩はビクリと揺れた。

「ホタル……俺は結構怒っている」

それは、分かる。

自分でも驚く無作法だ。

「だけど欲しいのは詫びじゃない。逃げた理由を聞いているんだよ」

そんなこと、ホタルにだって分からない。

体が勝手に動いたのだ。

逃げたことだって、シキに捕まって気がついたぐらい。

何も考えなどない。

思う間もない。

何もかも、本当に、分からない。

「分かり、ません……」

そう答えて、ずるずると壁伝いにしゃがみ込む。

昨日、散々サクラに抱かれて泣いたのに。

また、涙が零れそうになる。

「ホタル？」

シキの声が、幾分柔らかくなる。

ホタルの前に膝をついた。

顔を見たくなくて、そして見られたくなくて、握った拳で目元を覆う。

「分かり、ません……どうして？」

逃げた理由なんて知らない。

ただ、そんなの、シキのせいだ。

それ以外は何も分からない。

「ホタル」

完全にその声から怒りが消える。

「怖がらせたな？……すまん……」

そんな詫びまで口にするシキに、今度はホタルの方が腹が立ってくる。

無礼に逃げたホタルが悪いのだ。

それを叱責されるのは当然のことなのだ。

なのに、何故、シキが詫びるのだ。

そんな風に優しくしないで欲しい。

甘やかしてなんて、くれなくて良い。

そして。

「何故、好きだなんておっしゃるんですか？」

そんなこと、言わないで。

そうしてくれれば普通にできるのに。

少しぐらい優しくされたって、甘やかされたって。

たとえ……ホタルがシキを好きだったとしても。

その想いは秘めて、身分も己自身も、きちんと弁えてお相手することができるのに。

なのに、シキが『好き』だなんて言うから。

とてもとてもたくさんの声を聞いて生きてきた。

声になるならば何でも聞くことのできるこの耳に届くのが、本意ばかりではないことは百も承知。

その中に潜む真実と嘘を見極めることには長《た》けていると思っていた。

なのに、シキのその言葉は意味さえ分からない。

どれほどの真意があるのかなんて、分かるはずもない。

ただ、その短い言葉一つでこんなに心は揺れ動く。

「言わないで……下さい」

優しくしないで。

甘やかさないで。

好きだなんて言わないで。

「ホタル」

ひどく優しい声。

ダメだ。

そう思うと同時に、ポタリと雫が落ちた。

壊れてしまったように、昨日から涙が流れる。

これが、零れて溢れる想いだなんて認めたくない。

「……思うんだが、君は俺のことが好きだろう？」

耳元で声がする。

軽く言われたその意味を理解するのに、少し時間がかかった。

「君を見ていると、どうやら、そうらしいという気がする」

自ら作っていた闇がさらに暖かく深いそれに変化して……抱きしめられていると分かった。

「……っ離して」

敬語が飛んでしまう。

もがいて、離れようとするのに、シキの力は緩まない。
ぎゅっとさらに抱きしめられて、ホタルの周りがシキでいっぱいになる。
ホタルは、泣き喚きたいのを必死に抑えた。
この人、嫌い。
大嫌い。
必死に目を逸らしていたのに。
一生懸命封じ込めようとしたのに。
なんて、あっけなくそれを暴くのか。
「ホタル」
頬を大きな手の平が包む。
顔を無理やり上げられた。
「悪い……からかってる訳じゃない」
その詫びにホタルは一瞬もがくのをやめた。
拘束する腕が少し緩む。
これも考えるより先に体が動いた。
「貴方なんて……大嫌い！」
ホタルは、緩んだシキの腕から逃げ出す。

追う腕を避けて、扉に向かおうとすれば、しかし、あっけなく腰を腕に捕らえられて引き寄せられる。

「ホタル……一つ言っておくけど」

ぐっと胸元に閉じ込められて。

「こういう時、逃げるのは煽るだけだよ」

耳元に囁かれたそれの意味もまた、ホタルの分からないものだった。

そして、いつものののんびりとした口調を取り戻しながら、そこに僅かな怒気と多分な熱気を含んでいることに気がつく余裕は、今のホタルにはまったくなかった。


気がつけば。

ホタルという存在が現れてから増えた『気がつけば』という己の行動。

対外的な場面での、双子のタキの様子があまりに冷静沈着な印象が強いせいか、シキ自身はむしろ感情を表に出すタイプだと思われがちだ。

だが、そんなことはない。

むしろ、感情の起伏はタキの方が大きいと思う。

それをタキは抑え込んで冷静であることに長けているだけだ。

本当は、シキの方が感情の起伏には乏しい。多様に見える表情も計算したもの。

笑みも怒りも。

面に出すというよりは、演出しているに過ぎない。

それが、ホタルが絡むと変わってしまう。

ホタルという侍女とうまくやろうというだけならば、多分、それほど難儀なことではなかった。

なのに、できなかった。

頭で考えるより。

常に体が、気持ちが動く。

そして。

そして、今、気がつけば腕の中に焦がれた娘がいる。

つい先ほどまで、魔獣を相手にしていたのは現実か？

少しばかり離れた森に頻繁に出没するというそれを葬った後、安宿で湯場を借り、ざっと身づくろいを済ませて、戻ってきたところにホタルに出くわした。

運が良い、と思ったのは一瞬。

どうしてか、娘は一言と発することなくいきなり走り去ろうとした。

最初に湧き上がったのは戸惑い。

つい先ごろまで、シキが手の打ちようがないほどに、侍女としての対応に徹していたのに。

それが、何故、いきなり逃げるのか。

シキの真意に気がついた？

侍女然とした態度さえかなぐり捨てて、シキとの距離を置くことを選んだ？

そう思ったら、一気に怒りが湧いてきた。

だが、捕まえて問いただしてみれば、そうではないとすぐに知れた。

ホタルと違って、こちらは色恋沙汰に疎い日々を送っている身ではない。

だから、気がついた。

この娘は……認めたのだ。

シキの『好き』という言葉を。

そして、この娘自身もシキを嫌いではない、ということを。

気がついた途端に、手に入れたいという欲求が走り出した。

それでなくても、狩りから戻ったばかりで気持ちが高揚している。

そうは言っても、ホタルが大人しく抱きしめられていてくれれば、少しばかり濃密なキスを与えて解放してやれたかもしれない。

もう少し、ホタルの気持ちが整うのを待てただろう。

それぐらいは、シキも大人のつもりだ。

だが、娘は逃げようとした。

しかも、トドメに。

『大嫌い』

正直、その言葉がこれほどに心臓を抉《えぐ》るとは思いも寄らなかった。

ドクン、と一つ鼓動が大きく跳ねたかと思うと、次にバクバクと煽り。

それに連動するように怒りが湧いた。

シキの想いを、素知らぬ風にしてかわし。

今度は己の気持ちから目を逸らして、逃げるのか。

それに振り回されて、かき乱されて。

手に入れぬまま終わるのか。

そんな気は毛頭ない。

そうして気がつけば、シキの腕は逃げる娘の腰を摑んで引き寄せていた。

まったく慣れないホタルを捕らえることは、難しいことではなかった。

捕らえた腰を強い力で引き寄せれば、娘の華奢な体は背中からシキの胸元へと落ちてくる。

すっぽりと包むように抱きしめた。

焦がれた娘だ。

欲しくて、欲しくて。

他の何者もいらないと。

ただ唯一欲しかった娘が手中にある。

ホタルは、訳が分からないのだろう。

もがいて逃げようとするでもなく、ただ、強張ってシキに抱きしめられている。

シキは手の平を、腰から胸元に寄せた。

華奢なことは承知していた。

だが、思いがけず手の平に、確かな質感。

もう片方の手の平で、腰から脚を辿る。

この娘の体は、こんなにまろやかだっただろうか。

以前、抱きしめた時よりも幾分柔らかさを増したように思える体を、さらに抱き寄せれば、ようやくのようにホタルがもがいた。

シキに、放す気などもちろんない。

ようやく触れた娘だ。

「……ホタル……逃げるな」

命じて。

言い直す。

これは命令じゃない。
侍女に無体な欲求をぶつけたい訳ではない。
だから。
「……逃げないでくれ」
願い。
「ホタル」
名を呼びながら、首筋に唇を落とす。
小さく音を立てて口づけると、細い肩がビクンと揺れる。
胸に大人しく置いていた手を動かし、衣服のボタンを外す。
そして、もう片方の手は、長いスカートをそっとたくしあげ、直接膝から腿《もも》を撫でた。
愛しい存在が腕の中にいることに、頭は思考を停止させているのに。
行為を知り尽くした体は勝手に動く。
「……っや……」
ようやくホタルから出た声は弱々しい拒否。
強張っていた体は、細かに震え始める。
止めてやるべきかもしれない。
過る冷静な考え。

だが、体が止まらない。

薄い布地越しに胸のふくらみを手の平で包む。滑らかな脚に、直接触れる指先。

煽られる。

ホタルがカタカタと震えてはいても……触れているシキに、嫌悪を感じていないことはどうしてか伝わる。

「いい子にしていれば、俺は優しいよ？」

無意識の掠《かす》れて甘い声に苦笑いが浮かぶ。

ボタンを外し終えて緩めた服が、肩を滑り落ち肌を露わにする。

真っ白で艶やかなそこに口づけ。

唇を滑らせて、項《うなじ》へと。

白い肌着を脱がせながら、とうとう何も隔てるもののない肌を手に入れる。

ホタルが、ビクンと大きく跳ねた。

「……ホタル」

宥めるように囁いて。

脚を撫でていた手の平を、内へと上へと徐々に動かす。

そして、そっと、だが、確かな意図を持って、そこに触れる。

「……っいやあ」

ビクンと体が揺れ、今までにない強い拒否がホタルの口をつく。
だが、シキは止められなかった。
何故なら……指に僅かに触れたホタルが、シキの望むように反応していたから。
だから、ホタルの戸惑いを抑え込む。
心が体についてきてくれれば良いと願いながら。
「ホタル……大丈夫……何も怖くない」
遠耳の鼓膜を撫でるように甘く。
そして、そっと指先を沈める。
「……っあ……」
ホタルの口からささやかな声が漏れた。
シキは束縛を緩めた。
ズルズルと俯《うつぶ》せにうずくまるホタルは、既に逃げられる状態ではない。
その力のない体を仰向けにし、上に重なる。
シキを遠ざけようとするように、突っ張る腕は何の妨げにもならなかった。
細い両手首は、シキの片手でまとめて拘束してしまえるほど。
「ホタル」
名を呼びながら、どこもかしこも華奢な首筋、肩、鎖骨に口づけ、手の平で肌を探る。

だが。

「ホタル？」

ふとシキが捕らえている両手首から力が抜ける。

解放すれば、それは投げ出されるように力なく床へと落ちた。

「……お好きになさればいい……貴方はそれが許されるのでしょう？」

覚悟を決めたかのように、顔を背け瞳を伏せる。

侍女然とした対応は傷つける、と言ったことを覚えているのか。

一気に頭の中が醒《さ》めていく。

「……そうだな。許されるだろうな」

呟いて、ホタルの顔を自分へと向けた。

ホタルは、もう泣いてはいなかった。

シキに無理やり煽られて、いくらか熱を含んでいるように見える瞳は、しかし、諦めを浮かべて力ない。

「でも、それじゃあ意味がないんだよ……ホタル」

シキは体を起こした。

そして、ホタルの腕を掴んで起こす。

「悪かった」

はだけた衣服を合わせてやり、晒された脚をスカートで覆った。

ホタルは人形のように、力なくそこに座っている。

乱した衣服から覗く肌の白さが、一瞬醒めたはずのシキを煽るようだ。

ホタルから僅かに視線を逸らして。

「……だが、君も悪い」

つい零れる本音。

ホタルがシキのタガを外したのだ。

「あんな風に逃げられては追わずにはいられない……追って捕まえてしまえば手に入れたくなる……しかも」

シキはちらりとホタルを見やった。

ホタルは、ぼんやりとシキを見ている。

「マアサの息子との結婚話まで出てるらしいじゃないか？」

言えば、なんとも言えない……困ったような辛いような感情を面に走らせる。

そこに縁談を喜ぶ感情がないことに心底ほっとした。

「マアサが本気っていうだけでもマズイのに……タキが絡んでるんじゃ、うかうかとしてられない」

シキは、我慢しきれずにホタルに手を伸ばし、そっと指先を頬に触れた。

「俺が焦って君を俺のものにしようとしても仕方がないと思わないか？」

ホタルが僅かに身を引いて指から逃げるのを、今度は追わずに逃がしてやる。

そして、ホタルの温もりが残る指先に口づける。

「好きなのは俺の方だ」

ホタルは俯いた。

「信じられない？」

娘は、頷きはしなかった。

だが、否定もしない。

「誰にでも言うと思ってる？」

これにも応えはない。

「……自業自得か」

呟いて。

それでも、言わずにはいられない。

「ホタル、俺は君が好きだよ」

もう一度指を伸ばす。

顎を捕らえて、そっと、だが拒否を許さない力で、顔を上げさせた。

「いつでも……欲しいと思ってる」

ホタルが泣きそうに顔を歪《ゆが》めた。

抱き寄せたかったが、まだ燻《くすぶ》る体は今度こそ止まらないかもしれないから、できない。

「……サクラ様のところに戻りたい……です」

ようやくホタルから出た言葉はそれだった。

戻したくない。

あの女主は、マアサやタキの比ではないほどに強敵だ。

だが、引きとめる術はない。

「どうぞ」

言うとふらりと立ち上がる。

「一度部屋に帰って……顔を洗って、服と髪を整えて」

自分で乱しておいてなんだが。

「そのままじゃ奥方が心配する」

ホタルは振り返らないまま、だが、素直に小さく頷いた。

ホタルは、固いはずの廊下をフワフワと浮遊感の中、おぼつかない足取りで歩いた。

タキの言葉が思い出される。

『シキは貴女に興味があるようだ』

興味。
そう興味だ。
あの方には、たくさんの情人がいる。
『貴女はあまりに違うので』
だから、面白がっているだけだ。
『公爵家跡取りの自覚がない』
貴族の方のお遊びだ。あの方にとっては、寂しさを紛らわす遊び。
小さな子供が、新しい玩具を手に入れたがるように。
ホタルに手を伸ばすのだ。
気にしないでおけばいい。
なのに。
今度はシキの言葉が浮かぶ。
『君が好きだよ』
どうしよう。
『いつでも欲しいと思っている』
どうして、あの声に真実を聞き取ってしまったのだろう。
これが戯れではないと、思えてしまったのだろう。

どうすることもできないのに。
ただの興味だと。
ただの戯れだと。
そう思えたら良かったのに。
苦しい。
胸が痛い。
逃げたい。
どこへ？
あの方のいないところへ？
でも、ここにはサクラ様がいる。
サクラ様のいない毎日なんて、考えられない。
ここ以外に行くところなんて。
あるはずがない。

【下巻に続く】

番外編〈その想い〉

「さあ、行くわよ」

その細い腕のどこにそんな力があるのかと。

びっくりして見つめる三人の少年の前、少女は水が半分ほど入った木桶《きおけ》を持ち上げると、せーのと目の前に佇《たたず》むそれへと飛沫《ひまつ》をぶつける。

とはいえ、水の量は少なく、少女の気合に反して濡れた範囲は小さい。

「アイリ様、はい、もう一回」

アイリの手元から空になった木桶を受け取った初老の男性が、入れ替えて水の入ったそれを小さな手に持たせた。

アイリは元気いっぱいに木桶を持ち上げながら、唖然としている少年達に声をかけた。

「ほら、カイ様も、シキもタキも、竜達がお待ちかねよ」

そして、大人しく背中を向けている竜に向かって再び水を浴びせる。

カイ、タキ、そしてシキはお互いに顔を見合わせた。

いや、彼らとて自らが騎乗する竜のお世話はする。そうすることで、竜との信頼関係は築かれるのだから。

食事の準備も、水で体を洗うことも、普段からやっていることではある。

だから、この場合、三人の腰が引けているのは、竜のお世話そのものではなく、この目の前の少女の行動に、なのだ。

三人の記憶が確かなら――――紹介されたのは数時間前だから忘れるほどに時間が経っている訳でもないし、紹介したのはタキとシキの父親であるスタートン公爵であるから身分に偽りがあるはずもない。

つまり、今、少年のような服を身につけて、竜のお世話をしているのは。

「お姫様は竜のお世話はしないと思ってた」

思わず、シキは呟いた。

さほど大きな声ではなかったが、それはアイリには届いたようで、二回目の水を竜の背に撒《ま》いた彼女はくるりとシキに向いた。

アルクリシュ王国の第一王女、と紹介された時は、それらしいドレスを着ていて、訪問客である自分達にきれいな所作で挨拶をしてくれた。

亜麻色の髪と、もぎたてのオレンジのような瞳が印象的な飴細工《あめざいく》のような女の子、と思ったのに。

今、目の前でシャツとズボンを身につけて木桶を構えるアイリは、少年にしか見えない。

「するわよ。馬のお世話だってするし……今回はこの子が貴方達を乗せてきてくれたのでしょう？　大事なお客様を連れてきてくれたのだから、労《いたわ》ってあげたいと思うのは当たり前よ」

そう言ってアイリは胸を張るが。

「……でも、このままじゃ効率が悪い」

シキだって思っていても言いづらいことをタキが言い、アイリから木桶を取り上げた。

「何するの⁉」

アイリがむっとした顔をする。

「木桶に半分の水ではいつまで経ってもロウの全身に水がかからないでしょう？……ほら、ロウだって待ちくたびれてます」

その言葉に、アイリがロウの名を持つ竜を見上げる。

普段から竜達と交流しているシキにも、黒竜の表情はよく分からず、だがそれでも、次の水を待っていることは伝わってくる。

アイリは、僅かに気落ちしたようにも見えたが、それでもタキをきっと睨んだ。

「できるもの！　馬鹿にしないで」

「馬鹿になんてしてません。適材適所です」

双子の兄ながら、相変わらず小難しいことを言うな、と思いつつ、タキに近づいて木桶を受け取る。

もの言いたげなアイリにタキは言葉を続けた。

「シキとカイ様が、水をかける。僕と貴女様はブラシをかける。これが一番です」

まあ、そうだよな。

アイリはきょとんと目を瞬かせた。

「……私と貴方がブラシ？　カイ様に水かけをさせるの？」

自分が竜のお世話をするのは当たり前でも、キリングシークという大国の第二皇子が重労働に従事するのは意外らしい。

だが、タキにしても、シキにしても、カイが第二皇子であることを理由に、特別扱いすることはあまりない。

それは父からも、カイの兄である皇太子からも、許されていることだし、シキにしてもカイは幼馴染で大事な友人であるから、特段、難しいことでもない。

タキも、それは一緒だろう。

だから、「僕より、カイ様とシキの方が腕力があるんです」と、まさに適材適所で話を進める。

それが一段落したと察したカイが水桶に近づいた。

シキは木桶を手にして、カイの隣に並ぶ。

そっと覗き込めば、カイの口元が綻んでいて、この状況を楽しんでいるのが伝わってきた。

ここに着いてすぐ、スタートン公爵と皇太子は別室へと移動してしまった。

それを不満げに、そして、心配げに見つめていたカイを思えば、どうやら気分転換になりそうなこの状況は思い切り楽しむべきだろう。

「ほら、カイ様とシキが水をかけますよ」

タキの言葉に納得したのか、アイリが一歩下がる。

カイが木桶を手にして、なみなみと水をくみ上げるのに倣って、シキも木桶を満たして構えた。

「じゃあ、行きますよ!」

バシャ! と激しい音と共に、ロウの背中で水が跳ねる。

キラキラと光るのは水飛沫《みずしぶき》と、長い付き合いになる少女の笑顔。


アルクリシュはキリングシークとは比べるべくもない小さな国である。

季節が二つしかないと言われる国の冬は、大雪に閉ざされて他国からの往来を頑なに拒むように思えるが、夏ともなればそれが一転して外交の要となる。

私的公的に訪れる要人達は、ここで様々な交流を深め、それが時に世界を動かすのだという。

故にアルクリシュでは……。

「なんだったかな」

家庭教師に聞かされたアルクリシュの知識を辿っていたシキは、その先が思い出せなかった。

が、今はそれはどうでも良い。

なにせ、そのアルクリシュの町が目の前にあるのだから。

アルクリシュに到着して数日。

町中へ散策に行こうと最初に言い出したのは、この数日ですっかりと打ち解けたアイリだ。

このお転婆なお嬢さんは、身分を隠して何度も城下を楽しんでいるらしく、特に気負った風もなく「町へ行こうと思うの。一緒にどうかしら」と誘ってきた。

城内の図書室に誘う気軽さだったが、シキはすぐに「行く！」とそれに乗った。タキは渋っていたものの、興味は隠せない風だったのに、カイは「お前達で行ってくればいい」と、参加を拒否した。

「どうして？　一緒に行きましょうよ」

アイリが首を傾げて、カイの手を引く。

「……俺が一緒に行くと目立つ」

そう言って、カイは自身の目元に触れる。

シキはすっかり見慣れてなんとも思わないが、そこにあるのは金と黒のオッドアイ。

アイリは初対面でもあまり気にしていない風だったが、大方の人は気づけば二度見してしまうほどの珍しい代物ではある。

「ああ、瞳の色ね」

納得するように頷くアイリに、カイは髪にも触れた。

「……髪もだ」

確かに黒髪も珍しい。

気にし過ぎと言われればそうかもしれないが、立場的に危うい行動は取ってはいけないと、カイは常に自身を律している。

それが弟を護ろうとする兄に余計な負担をかけたくないという想いからくるものだと知っているが、でも、時々、シキはそのことがひどくもどかしい。

「私も割と目立つけど、誰も何も言わないわよ」

カイがそれでも迷う素振りを見せると。

「じゃあ、眼鏡とかかけてみたらどうかしら」

そう言って、アイリが探し出してきたのは、片眼鏡、いわゆるモノクルである。

差し出されるままにカイが身につけたのは、やはり相手がアイリだからだろう。これがシキだったら、きっとふざけるなと投げつけられたはずだ。

カイが身につけたそれを見て、吹き出したのは誰が最初か。

「変です。カイ様、それじゃあオッドアイは分からなくても変な人です！」

いや、手渡したのは貴女ですよね？

無表情のままのカイはモノクルを外し、タキに手渡した。

「あ、確かにタキなら似合うかも」

「は？」

勢いに呑《の》まれて、渋々とタキがそれを身につける。

同じ顔なのに、タキに渡すのはやはりにじみ出る知性故だろうか。

一瞬、ひねくれた考えが過るが、すぐに渡されなくて良かったと思う。

アイリは、カイの時以上に笑う。

「悪い人！　この間絵本に出てきた悪い人そっくり」

「これをつけるとほとんどの人が悪人に見えるんだよ」

タキはむっとしてそれを外した。

「え、ロウとか？」

キリングシークでカイについている侍従の名を、シキが挙げれば。

「……あれは怖い人だろ」

カイが言う。アイリが「そんなに怖いの」と言うから三人揃って頷けば、また、アイリは笑い転げた。

そんなやりとりのあと「ここはアルクリシュだよ。そんなことを気にせず行っておいで」というガイの優しい後押しで、町散策へと繰り出した。


なるほど、ここはアルクリシュだ。

様々な衣装を身につけて行き交う人々。耳に入る声は、老若男女入り交じり、知っている言葉、知らない言葉、ちょっとだけ分かる言葉が飛び交っている。

並ぶ露店も多種多様で、見知らぬ品々が所狭しと並んでいた。

「こんなににぎやかなのは夏だけなの。冬になると雪で真っ白になるから、皆家から出ないのよ」

アイリが言うが、きっとその静けさは今のキリングシークの沈んだ薄暗さとは違うものなのだろう。

そう感じながら、シキは深くは考えない。

父や皇太子殿下が、静かに、速やかに、だが確固たる決意をもって動いていることを感じ取りはしても、タキのようにそれを必死に学ぼうとは思わないし、カイのようにもどかしくも思わない。

どうせ、あの二人には遠く及ばないのだから。

シキはいつもそうやってやり過ごすしかない。

なんて、柄にもなく物思いに耽《ふけ》っていたのがいけなかったのだろう。

ふと周りを見回せば、一歩先を歩いていたカイとアイリがおらず、さらには隣にいたはずのタキまで見当たらない。

げ、迷子になった？

と思ったのは一瞬だ。

とっさに後ろを振り向くと、ひっそりと付いてきている護衛が慌てた風に辺りを見回していて、どうやら逸れたのはあちらの三人の方だと気がつく。

シキはひとまず自分だけでも護衛の側に寄っておいた方が良いだろうと、体の向きを変えたが、人が途切れることなく行き交う中を逆流する形で進むのは案外困難だ。

そうは言っても焦りはさほどない。ここはアルクリシュだし……とアルクリシュの平和を噛みしめながら、護衛との合流を半ば諦めて待ちの態勢を取るシキの耳に、物騒な怒鳴り声が聞こえてくる。

「この無礼者が！」

反射的にそちらを見れば、こぎれいな姿の一目で貴族だと察しがつく壮年男性が、怒りを露わに声を荒らげている。

「申し訳ございません。お許し下さい」

そう詫びているのは、行商人の一人だろう。

小さな子供を護るように抱きしめながら、怒る男に頭を下げる。

見てみれば、男の衣服が何やら濡れているから、子供が飲み物でもぶつけてしまったのだろう、とシキは察した。

この人混みだ。お互いに気をつけていても、そんな事故の一つや二つあるだろうと穏便に男が事を済ませることを期待する。

ところが、この貴族の男、何を血迷ったのか腰に下げていた剣を抜いて、行商人に向けたのだ。

これは、ちょっと拙《まず》いだろう。

護衛に仲介に入らせようかというシキの思案は、だが、さらに聞こえてきた声に吹き飛ばされる。

「剣を引きなさい！」

高らかに響くのは聞いたことのある少女の声。

まさかと、でも聞き間違えるはずもなく視線を戻せば、貴族と行商人の間に一人の少女が大きく手を広げて立ちはだかっていた。

ということは。

「ここは……アルクリシュだ」

アイリより一歩前に出てカイが告げる。

ガイのカリスマ性に隠れがちだが――そして、周りはあえて隠しているのだろうが、カイのその様もまた、十歳に満たない子供のものとは思えない威厳に満ちていて、剣を持つ男の体を強張らせた。

しかし、剣を納めるに至らない男に、カイの横でアイリを庇うように立つ、タキが言葉を続ける。

「アルクリシュでは剣を交えてはならぬ、を知らないのですか。まして、丸腰の相手に剣を向けるなど……恥を知れ！」

ちょっと声が震えているのに気がついて。

それでも、二人はシキの目から見ても、かっこ良い。

ましてや。

アイリの目に大きく手を広げて庇うカイはどう見えたかな。

その横で、震える膝を叱咤《しった》しながらも、正論を述べたタキは。

そして、自分はこうしてそれを見ているしかない。

いつもそうだ。

タキには、勉強では到底敵わない。

剣術はタキより得意だと思うけど、それでもカイには敵わない。

情けないな、と思う。

それでも、とシキは騒ぎに足を止めている人々の合間を走って、彼らに近づいていく。

少女と、彼女を両サイドから護る二人にイラついたような男が、剣を振り上げるのが見える。

とっさにシキはポケットに忍ばせていたものを思い出した。

露店で見つけた可愛らしい猫の置物は、家で留守番している幼い妹へのお土産。

最近、字を書くことを覚えてたくさんの紙を使うから、とペーパーウエイトになりそうな重々しいものを選んだのだ。

こんなことに役に立つとは、と思い切り男に向かって投げつけたそれは、見事に狙った顔面に命中し、男は痛みに呻《うめ》いて座り込んだ。

「カイ様！　アイリ様！」

シキが駆け寄るのと同じくして、警備隊が現れて、貴族の男を取り押さえた。

貴族の男が何かを喚いているが、もうどうでも良いことだ。

アイリはへなへなとその場に座り込み、「怖かったよー」と泣きだす。

行商人を始めとする周りの人々にお礼を言われて、宥められて、やがて、落ち着いたアイリは。

「カイ様、タキ、シキ、ありがとうございました」

満面の笑みは、満開の花より鮮やかに。

でも、どうせなら、泣かせないように護りたかった。

少しの怖い思いをすることもなく、ずっとずっと笑っていられるように。

強くなりたい。

真剣に願ったのは初めてかもしれない。


再会を約束してキリングシークに戻ってしばらく、アルクリシュがカイの婿入り先に決まったと知らされた。

難しいことなど知る由もないシキとしては、アイリがカイの妻になる、という事実になんとなく面白くないものを感じていて、それが、あの少女なら自分のお嫁さんにしても良いと思ったのに、という可愛らしいやきもちだったのだと気がつくのに、それほど時間はかからなかった。

だが、年を追うごとに、様々なことを学ぶに従って、大国キリングシークの皇子が小国に婿入りするということが、ガイとスタートン公爵がカイを生かすために講じた策であったのだと気がついた。

崩れ行く大国を前に年若い皇太子と、彼を次代皇帝と認めた重鎮達が、政争に巻き込むまいと、あえて外交の場ではあり得ても、外交の主力にはなり得ないアルクリシュという国を選んだのだと知って。

あの時のカイの不満げな表情は、兄の役に立てず、ただただ平穏な場所へと導かれようとしている自身への苛立ちだったのだろう、とか。

タキはきっとそれを承知で、寄り添っていたのだろうな、なんて。

初めて気がついて、やはり己は考えが浅い、と自己嫌悪に陥ったりもしながら、それでもシキはカイとタキと共に進み続けた。


そして、さらに月日が流れて――――どういう訳か、本日はタキとアイリの結婚式である。

あれから、本当にいろいろあったのだ。

皇太子であるガイが、ヴァルガング侯爵とスタートン公爵の後ろ盾を得て、破竹の勢いで諸国を従えたりとか、カイが破魔の剣の使い手となってアルクリシュへの婿入りがなくなったりとか。

それでも、しばらく婚約は破棄されず、アイリがキリングシークに嫁入りするんだろうな、とシキも淡い初恋――――というには長い付き合いの間に、それは重い想いに育ってしまっていたけれど、しかしそろそろけじめを、と思ったところでのこの結婚式だ。

正直に言えば、アイリがカイではなくタキを想っていたことは知っていたし、タキもまたアイリを好きなのだろうということには気がついていた。

でも、きっとそれは叶わない恋で。

皆それぞれが、いずれ想いを思い出へと昇華させて、先へ先へと進んでいくのだろうと、そう思っていたから、ちょっと裏切られた気分であることは否めない。

でも、これで良いのだろう。

タキの隣で幸せそうに微笑むアイリは、出会って一番の輝きを放っているし。

デレそうな顔を必死に保っているタキも面白い。

二人の仲を壊すつもりなど毛頭ない。むしろ壊そうとする輩《やから》がいれば全力で阻止する。

でも。

「……飲め」

何かを察しているであろう、カイがシキの空になったグラスに随分と度数の高い酒を注いでくれる。

「カイ様、振られちゃいましたねえ」

軽口を叩きながら、でも、カイがアイリに特別な感情を持っていないことは、もちろん承知の上。

それでも、カイは黙ってグラスを空にして、シキに向ける。

それに返盃《へんぱい》しながら。
しばらくは、この行き場のない想いを燻《くゆ》らせるのだろう。
それを想像しながら、カイとグラスを合わせて苦い液体を飲み干した。

<初出>
本書は、「小説家になろう」に掲載された『騎士の想い　侍女の願い』を加筆、訂正したものです。「番外編〈その想い〉」は書き下ろしです。
＊「小説家になろう」は株式会社ヒナプロジェクトの登録商標です。

メディアワークス文庫
軍神《ぐんしん》の花嫁《はなよめ》 Another《アナザー》 Side《サイド》

騎士《きし》の想《おも》い 侍女《じじょ》の願《ねが》い 上《じょう》

水芙蓉《すいふよう》

2024年10月25日　初版発行

発行者　山下直久
発行　株式会社KADOKAWA
〒102-8177　東京都千代田区富士見2-13-3
0570-002-301（ナビダイヤル）
装丁者　渡辺宏一（有限会社ニイナナニイゴオ）
印刷　株式会社暁印刷
製本　株式会社暁印刷

ISBN978-4-04-916001-7 C0193

メディアワークス文庫　https://mwbunko.com/

本書に対するご意見、ご感想をお寄せください。
あて先
〒102-8177　東京都千代田区富士見2-13-3
メディアワークス文庫編集部
「水芙蓉先生」係

黒狼王と白銀の贄姫
—辺境の地で最愛を得る—
高岡未来
メディアワークス文庫
既刊5冊発売中!

第30回電撃小説大賞《大賞》受賞作

竜胆の乙女

わたしの中で永久に光る

fudaraku

「驚愕の一行」を経て、
光り輝く異形の物語。

明治も終わりの頃である。病死した父が商っていた家業を継ぐため、東京から金沢にやってきた十七歳の菖子。どうやら父は「竜胆」という名の下で、夜の訪れと共にやってくる「おかとときき」という怪異をもてなしていたようだ。

かくして二代目竜胆を襲名した菖子は、初めての宴の夜を迎える。おかとときを悦ばせるために行われる悪夢のような「遊び」の数々。何故、父はこのような商売を始めたのだろう？　怖いけど目を逸らせない魅惑的な地獄遊戯と、驚くべき物語の真実――。

応募総数4,467作品の頂点にして最大の問題作!!

メディアワークス文庫